Alfred Ernst Schmitt • Nachtangeln

Alfred Ernst Schmitt

Nachtangeln

und andere Kurzgeschichten

FOUQUÉ PUBLISHERS NEW YORK

Copyright ©2011 by Fouqué Publishers New York
Originally published as *Nachtangeln, 2008*
by Weimarer Schiller-Presse

First American Edition
Printed on acid-free paper

Library of Congress Cataloging-in-Publication Data
Schmitt, Alfred Ernst
Nachtangeln / Alfred Ernst Schmitt
1st American ed.

ISBN 978-0-578-08339-1

Meiner Tochter Jessica

Inhalt

Die Heiligen Drei Könige

Die Schulfreunde Felix, Heini und Fred waren 13 Jahre alt. Wie jedes Jahr um den 6. Januar gingen die drei Meßdiener auch in diesem Jahr als die Heiligen Drei Könige in ihrem Heimatort von Haus zu Haus und sammelten für die Kirche. Noch heute, nach so vielen Jahren, erinnern sie sich, wenn sie sich bei einem Klassentreffen begegnen, an jene Zeit um den 6. Januar des Jahres 1962, als sie als Sternsinger unterwegs waren.

„Voriges Jahr hatten wir als Sternsinger über 400 Mark", sagte Heini.

„Diesmal haben wir mehr Straßen", antwortete Felix. Er hatte dunkles Haar und war der Kleinste von ihnen.

„Dann werden wir mehr zusammenbekommen als im letzten Jahr", sagte Fred. Er hatte ein Gesicht voller Sommersprossen. Seine Schirmmütze saß umgekehrt auf dem Kopf und dicke Locken fielen ihm bis in die Stirn.

„Wenn das ganze Geld uns gehören würde", sagte Heini, „was könnten wir uns alles dafür kaufen." Seine Augen blitzten.

„Du wolltest doch ein paar Schlittschuhe, Fred."

Die drei malten sich aus, welche Dinge sie brauchten. Wer die Idee hatte, im Nachbarort Außen zuerst einzusammeln, kann heute keiner mehr sagen.

"Wir müssen einen Abend vor den anderen Sternsingern sammeln", sagte Fred, „nur dann können wir sicher sein, daß wir diesen nicht begegnen."

Heini war die Sache mulmig. „Was ist, wenn wir erwischt werden? Ich darf mir nicht vorstellen, was dann alles passiert."

„Man erkennt uns nicht. Wir sind verkleidet und angemalt", entgegnete Felix.

So beschlossen sie, zuerst im Nachbarort Außen am 5. Januar einzusammeln und dann in ihren Straßen an zwei Abenden in Hüttersdorf unterwegs zu sein.

In Hüttersdorf, gegenüber der Schule, führte eine alte Frau, „Pitten Maria" genannt, ein kleines Schreibwarengeschäft. Die alte Frau war früher einmal Maskenbildnerin oder Malerin gewesen.

Sie kleidete die Sternsinger mit feinen Gewändern ein, und als sie die Gesichter geschminkt hatte, mit Bart und Krone Melchior, Balthasar mit Turban und Fred als Kasper, schwarz, nur die Augen leuchteten blau hervor, sagte sie: „Wie vor 2000 Jahren. Niemand erkennt euch heute."

Felix, Heini und Fred sahen sich erschrocken an, keiner brachte ein Wort hervor.

Außen liegt etwa fünf Kilometer von Hüttersdorf entfernt, die Hauptverbindungsstraße konnten sie nicht gehen. Dort durften sie sich nicht sehen lassen. So beschlossen die drei, den Weg durch den Tannenwald einzuschlagen, der zwischen den beiden Ortschaften lag.

Die Dämmerung brach herein. Hintereinander marschierten sie über einen schmalen Waldweg. Heini, als Kasper angezogen, ging vorne und leuchtete den Weg mit einer Taschenlampe. Der Wind rauschte in den Baumwipfeln. Ab und zu hörte man das Kreischen eines Tieres.

An einer lichten Stelle warf der Mond seinen Schein auf den Weg und ließ die Gewänder der drei Gestalten wie Gold und Silber glitzern.

„Kommt, wir kehren lieber um", sagte Heini. Nur die Augen als zwei glühende Punkte leuchteten aus seinem schwarzen Gesicht.

„Denk an das, was wir alles kaufen können", sagte Fred.

Da tauchten vor ihnen die Lichter der ersten Häuser auf.

Felix blieb plötzlich stehen: „Vielleicht begegnen wir den Sternsingern, die dort eingeteilt sind, oder wir kommen und diese waren schon vor uns da", sagte er.

„Du Angsthase", entgegnete Fred, „wir sind heute die Ersten, bestimmt."

So faßten sie Mut und gingen zur ersten Haustüre und klingelten. Das Licht ging an. „Die Sternsinger sind da", hörten sie eine Stimme von drinnen rufen.

Die Tür wurde geöffnet. Die drei sangen ihr Lied und die Frau sagte: „Ihr sammelt dieses Jahr für die neuen Kirchenfenster", und gab ihnen zehn Mark.

Sie waren so verblüfft im ersten Moment, daß sie kein Wort hervorbringen konnten. Felix faßte sich zuerst: „Ja, es wurde Zeit, die alten Fenster sind kaputt. Bei einigen sind Glasteile abgebrochen."

Sie schrieben den Segensspruch an die Tür und bedankten sich.

Nach dem zehnten Haus, nach einer Stunde, hatten sie schon über 200 Mark. Langsam wurde es ihnen unheimlich.

Am Ende der Straße stand ein altes Bauernhaus. Als der Hausherr wissen wollte, wessen Söhne sie waren, nannten sie Namen, die sie einmal gehört hatten. Der Mann überlegte und zuckte mit den Schultern. Offenbar konnte er mit den Namen nichts anfangen. Er zog einen 50-Mark-Schein aus der Tasche und sagte: „Es ist für einen guten Zweck. Die Fenster sind ja auch nicht billig."

Wie sie so zur nächsten Straße im Schein der Laternen gingen, mit flatternden Gewändern, sagte Heini: „Wenn uns jetzt die drei richtigen Sternsinger begegnen." Felix beruhigte ihn: „Wir gehen noch genau zwei Stunden, dann hören wir auf."

So machten sie es auch. Sie gingen den Weg durch den Wald wieder zurück. Als sie fast zu Hause waren, zählten sie das Geld: Es waren über 1000 Mark.

Die kommenden Tage waren für die drei voll innerer Spannung. Jedesmal, wenn die Tür des Klassenzimmers aufging, mußten sie damit rechnen, daß jemand vom Nachbarort da stand, der Pfarrer oder sogar die Polizei, und fragen wollte, wer in ihrem Ort Kasse machte.

Aber es geschah nichts.

Alle drei waren sich einig darüber, daß die Bewohner des Nachbarortes, die Sternsinger und der Pastor mitbekommen haben mußten, daß fremde Sternsinger in ihrem Ort waren.

„Wir sind Diebe", sagte Heini. „Meßdiener und Diebe."

Ihr schlechtes Gewissen ließ sie nicht zur Ruhe kommen, und so beschlossen die drei, das Geld in einem Brief zurückzugeben.

Diesmal fuhren die drei mit dem Fahrrad über die Hauptverbindungsstraße nach Außen. Die Kirche stand oben auf dem Berg.

Wer den Brief mit dem Geld übergeben sollte, bestimmte das Los. Es traf Fred. Er zog die schwere mit Eisen beschlagene Holztür auf und trat in die Kirche ein.

Langsam ging er am Seitenschiff vorbei. Nur seine zaghaften Schritte konnte er in der Stille hören.

Er blickte auf die bunten alten Kirchenfenster hinauf, durch die das Sonnenlicht rote, blaue, grüne Strahlen ins Innere warf.

An der Tür zur Sakristei klopfte er. Sein Herz pochte.

Eine Stimme sagte: „Herein." Zaghaft öffnete er die Tür. Da stand er vor einem großen alten Mann, der ganz in Schwarz gekleidet war – der Pastor.

„Ich soll diesen Brief abgeben", sagte er leise.

„Einen Brief", sagte der Pastor und lächelte. Er nahm den Brief, öffnete ihn, sah Fred einen Moment an und sagte: „Du bist doch nicht allein."

„Nein, wir sind zu dritt", antwortete Fred stotternd.

„Ich hab was für euch", sagte der Pastor. Er ging ins Neben- zimmer und kam mit drei leuchtenden Äpfeln heraus. Fred bedankte sich. Ihm fiel ein Stein vom Herzen.

Draußen warteten Felix und Heini gespannt. Sie waren er- leichtert, als Fred winkend mit den Äpfeln aus der Kirche kam.

Sie setzten sich auf die Kirchenmauer und aßen genüßlich.

Die Januarsonne spiegelte sich in Freds Lockenhaar und ließ es noch roter unter seiner Schirmmütze erscheinen.

„Ehrlichkeit wird belohnt," sagte er und biß in seinen Apfel.

Das Geisterschloß

Unsere Pfadfindergruppe war sechs Mann stark und wir wohnten alle in einer Straße. Der lange Hermann, wie er genannt wurde, war unser Gruppenleiter und führte unsere verschworene Gemeinschaft an. Hermann war vier Jahre älter als wir, zwei Köpfe größer als wir mit zwölf Jahren und stark. Unsere Gruppe war anders als die anderen Gruppen und auch anders als die Gruppen der katholischen Jugend.

Wenn wir Heimabend hatten und die anderen Gruppen Lieder sangen oder Gesellschaftsspiele veranstalteten oder irgendwelche Dinge zusammenbauten, las uns Hermann Geistergeschichten vor.

Wir saßen dann ehrfurchtsvoll um den runden Tisch und lauschten ihm gebannt mit glühenden Augen.

Von Zeit zu Zeit klopfte es an die Tür. Der Kaplan, der nach dem Rechten sehen wollte, schob seinen dünnen, langen Kopf zwischen Tür und Rahmen, sah in die geheimnisvolle Runde und lächelte verschmitzt, um dann die Tür wieder leise zuzuziehen. Es war mäuschenstill, nur Hermanns Stimme, die je nach Geschehen eine andere Klangfarbe hatte, führte uns in das Reich des Unheimlichen, Übernatürlichen.

Einst stand ein Schloß am Rande von Hüttersdorf auf einem Hügel in der zweiten Stei und sah über das ganze Tal und den Ort hinweg. Es wurde vor Hunderten von Jahren erbaut. Von diesem Schloß führte ein unterirdischer kilometerlanger Gang zum Schloß „La Motte", das an der schmalen Verbindungsstraße zwischen Primsweiler und Lebach liegt und heute ein Gutshof ist. Der Gang bot den Schloßbewohnern Schutz vor den Kriegshorden, die über die Jahrhunderte ihr Unwesen trieben.

Der Schein der Kerze flackerte und warf gespenstige Schatten unserer Silhouetten ringsum an die Wände.

„Diesen Gang werden wir finden", unterbrach Ernst, der kleinste und jüngste unserer Gruppe, die Stille. Seine Augen leuchteten noch blauer unter seinem roten Lockenschopf hervor.

Der lange Hermann stockte und sah uns der Reihe nach an. Wir nickten schweigend.

Wir mußten planmäßig vorgehen, das wußten wir. In den folgenden Wochen studierten wir im Heimatmuseum in Saarlouis alte Schriften und historische Karten aus unserer Gegend in der Hoffnung, mehr über dieses Schloß und das Schloß La Motte mit seinem Verbindungsgang zu erfahren.

In der Universität Saarbrücken stießen wir auf eine uralte Karte mit Symbolen, mathematischen Berechnungen und einer Zeichnung. Wir fotografierten sie, wußten aber zu diesem Zeitpunkt noch nicht, daß sie einmal der Schlüssel zu jenem Geisterschloß werden würde.

Dann kauften wir eine topographische Karte im Maßstab 1:25000 und stiegen die Hügel hinauf zur zweiten Stei, zu dem Ort, wo das Schloß einst gestanden hatte. Wir schlugen einen schmalen Feldweg ein, bogen an Hänschens Kreuz ab zum Tal mit dem Weiher und dann die Höhe hinauf. Hier lag die zweite Stei. Ehrfurchtsvoll sahen wir uns um.

Keine Mauerreste, keine Kuppe, kein einziger großer Stein war zu sehen, ohne irgendeine Spur lag das Feld stumm da, nur das leise Rauschen der Ähren im Wind war zu hören.

„Unter uns liegen bestimmt noch alte Gemäuer", unterbrach Helmut die Stille.

„Niemand hat bis heute danach gesucht", sagte Karl-Heinz stotternd. Bei jedem Satz mußte er einen langen Anlauf nehmen und wie er dabei seinen Kopf auf dem langen Hals bei jedem Wort zur linken Seite kippte, sah urkomisch aus.
„Ihr habt ja in Saarbrücken gehört", sagte der lange Hermann, „es gab bis heute keine Ausgrabungen hier."

Von unserem Standpunkt zogen wir einen geraden Strich in die Karte bis zum Schloß La Motte jenseits des Waldes hinter Primsweiler.
Die Linie führte entlang des Kirchturmes, über unsere Straße, am Sportplatz vorbei und verlief nördlich des alten Ortsteiles Bupprich. Dort steht noch das uralte steinerne Kreuz und erinnert an den fürchterlichen Schwarzen Tod, der im Mittelalter wütete. Die Überlebenden der Pest hatten das Kreuz errichtet.
Der Gang konnte nicht zu steil angelegt sein, womöglich führte er parallel den Höhenschichtlinien die Hänge hinab ins Tal zum Fluß, um dort wieder gewunden entlang der Hänge hinauf zum Schloß La Motte anzusteigen.
In der Ferne schlängelte sich das silberne Band der Prims, umsäumt von einem grünen Baum- und Buschgürtel.
Irgendwo im Schnittpunkt der Linie mit dem Fluß mußte der unterirdische Gang herauskommen und jenseits wieder in die Erde führen.
Wir besorgten uns Werkzeuge, Pickel, Schaufel, Spaten, eine Axt, Leinen, eine Taschenlampe, luden alles auf ein Wägelchen und zogen durch unsere Straße am Sportplatz vorbei, ließen den Bauernhof von „Appels Rudi" links liegen und dann durch die Wiesen zum Fluß.
Als wir am alten Bunker aus dem 2. Weltkrieg vorbeikamen, mußte ich daran denken, wie wir vor zwei Jahren Blei ge-

sucht, ein Paket davon abgebrochen und nichtsahnend eine Hauptverbindungslinie von Saarbrücken nach Trier lahmgelegt hatten. Suchtrupps hatten tagelang nach der Schadstelle gesucht.

„Wißt ihr noch, als wir den Schaden gemeldet haben", sagte Helmut.

„Ich mag nicht mehr daran denken", unterbrach ihn Hermann.

Beinahe wäre unsere Gruppe damals aufgelöst worden.

Jenseits des Flusses ragte der Stumpf der uralten Eiche über die Bahngleise empor. Diese hatten wir im vorigen Jahr gefällt und aus einem Stück ein Kanu gebaut.

Die alte Eiche stand unter Naturschutz, das haben wir erst später erfahren.

Wir näherten uns unseren Baumhaus, das hoch über dem Fluß schwebte. Einen ganzen Sommer lang hatten wir es gebaut.

Der Wind rauschte in den Baumwipfeln, die mit dem Stamm und den Ästen verbundenen Balken ächzten im Gleichklang. Unten am Wasser legten sich schützend die Büsche über das Ufer und unser Kanu.

Wir beluden das Kanu, stießen uns vom Ufer ab und durchglitten die kristallklare Flut, in der sich die Baumkronen und Büsche spiegelten. Ein kühler Wind wehte über das Wasser, trieb eine Falte vor sich her, spülte sie zum Ufer, wo sie sich im Sand verlor.

Die folgenden Wochen suchten wir etwa einen Kilometer flußauf- und flußabwärts vom Schnittpunkt der Linie mit dem Fluß auf der Karte zuerst die Ufer ab, dann systematisch die Hänge hinauf, die zum Lebacher Wald anstiegen. Allmählich verloren wir den Mut und wollten schon aufgeben, da beobachteten wir zufällig, wie ein Fuchs hinter einem dichten Gebüsch in einer Felswand verschwand.

Die Sonne im Osten brannte in rötlichem Feuer und versank hinter den Hügeln der zweiten Stei am Horizont, dort wo einst das Schloß stand.

Wir stiegen hinauf, zwängten uns durch das Dickicht und durch eine schmale Felsspalte. Da standen wir drinnen, dicht zusammen.

Ein modriger, verwester Geruch schlug uns entgegen. Wasser tropfte von der Felswand über uns. Der lange Hermann ließ den Schein der Taschenlampe über die Wände streichen. Steinerne Köpfe starrten aus ihnen und in den Winkeln hingen Fledermäuse.

„Hallo, ist da jemand?", rief Hermann in die gähnende Dunkelheit. Seine Stimme zitterte.

Es war, als ob die steinernen Köpfe zu sprechen begännen.

Das Hallo wurde zigmal wiederholt, erst dunkel, dann immer heller und immer verzerrter. Die anderen Wörter folgten, überschlugen sich, schrieen verzweifelt, kamen zurück. Es war, als ob die Geister aus Jahrhunderten unsere Worte wiederholten.

Wir hielten uns jeder an dem anderen fest.

„Wir müssen hier raus", flüsterte Hermann. „Wir brauchen mehr Licht, Fackeln und Sicherheitsleinen."

Wir wußten, wir hatten in etwas Unheimliches, Jahrhunderte Zurückliegendes geblickt.

Wir setzten mit dem Kanu über den Fluß zurück. Hinter uns lag der Wald; dunkel, schweigend.

Es war, als wollte er etwas verbergen, die Stille hüten, die diesen Ort umgab.

Der Schein des Mondes drang durch die Baumgipfel, die sich im Wind bewegten, und sein Licht geisterte wie der Schein einer schwankenden Laterne im Wind über unsere Gesichter.

Wir waren gefangen von unserem Vorhaben und unsere Ge-
danken waren um ein paar hundert Jahre zurück, gefangen in
einer anderen Welt.
Die Sommerferien würden bald kommen, das wußten wir.
Aber an jenem Abend wußten wir noch nicht, in welches
Abenteuer wir uns begeben würden.

Die Geldfälscherbande

Der Sommer kam, und mit dem Sommer kamen die Ferien, auf die wir uns freuten. Nicht wegen einer Urlaubsreise mit unseren Eltern, nein, wegen des Sees nahe der Stadt. Das Gelände um den See, darauf waren wir gespannt, das wollten wir erkunden, den alten Bunker mit seinem Verbindungsgang, von dem erzählt wurde, die verschlungenen Pfade, die um den See führten. Einer der Wege mußte zur alten Burgruine oben am Hang führen, und man munkelte, daß in der Nacht bei Vollmond eine Frau in weißem Umhang an der Ruine stehe.

Wir waren zu fünft: Osse, sein Gesicht übersät von Sommersprossen, der Kleinste von uns, Robert, unser Spezialist für Geistergeschichten, Kitty, meine Klassenkameradin, Gordon, der von einem vergrabenen Schatz am See wußte, und ich, Else, die Älteste von uns. Wir wohnten am Rand unserer kleinen Stadt. Als wir an jenem Nachmittag auf dem Weg zum See waren, wußten wir noch nicht, daß alles anders kommen sollte als wir geplant hatten, daß wir einer lang gesuchten Verbrecherbande auf die Spur kommen sollten.

Wir näherten uns dem Baumhaus, das oben in den Ästen über dem Wasser schwebte. Die beiden älteren Brüder von Robert hatten es im vorigen Jahr gebaut. Als wir hinaufkletterten, sahen wir unten am Ufer das Kanu, das im Schutz der Büsche lag.

Von oben konnten wir den gesamten See überblicken, den Bootshafen im Osten, den Wald im Süden, der bis an den See reichte, und drüben – nördlich – die steile Felswand, die sich hinter dichtem Laub verbarg. Der Wind rauschte in den Baumwipfeln und die mit dem Stamm und den Ästen verbundenen Balken des Häuschens ächzten mit dem Wind. Robert hatte ein Fernglas dabei, das wir herumreichten, und jeder konnte den See und die Umgebung in Augenschein nehmen. Es dämmerte schon und wir wollten uns auf den Heimweg machen.

„Hört mal", sagte Kitty und berührte Gordons Arm.

„Was, Kitty? Ich kann nichts hören", sagte Gordon. „Das sind die Wellen."

„Nein, es kommt vom See draußen. Hört ihr nicht, wie es tukkert?"

„Du hörst Gespenster", sagte Robert, „kein Mensch ist um diese Zeit draußen am See. Wir sind weit und breit die einzigen."

„Seht doch drüben am Steilhang", sagte Kitty und gab mir das Fernglas. Jetzt hörten wir es alle. Der Wind trug das Geräusch eines Motors vom nächtlichen See zu uns herüber.

„Wir müssen näher heran", sagte ich, „am besten mit dem Kanu."

Wir stiegen eilends hinab, stießen das Kanu vom Ufer, sprangen hinein und paddelten dicht am Ufer in Richtung Steilhang.

Im Schutz der überhängenden Äste gelangten wir geräuschlos bis auf fünfzig Schritte auf das fremde Boot zu.

Wir sahen, wie zwei dunkle Gestalten an Land sprangen und das Boot an einem Baumstamm festbanden. Dann stieg einer der Männer wieder hinein und hievte eine große Kiste über den Bug und der andere zog sie darüber.

„Die muß schwer sein", flüsterte Osse, und Kitty hielt ihm ihre Hand vor den Mund. Wir hielten den Atem an. Die Männer zogen die Kiste über den weichen Boden über das Ufer und verschwanden mit ihr hinter den Bäumen.

„Dort muß eine Höhle oder ein Eingang sein", sagte Gordon leise, „wir müssen ihnen folgen."

„Bist du verrückt?", sagte Robert. „Dann erwischen sie uns."

„Wir müssen überlegen, wie wir vorgehen", sagte ich.

„Wir müssen uns einen Plan machen", sagte Kitty und wir stimmten ihrem Vorschlag zu. Wir paddelten mit unserem Kanu zurück und machten es wieder zwischen den Büschen unter dem Baumhaus fest.

„Zwei Mann müssen weiter vom Baumhaus aus beobachten", sagte Robert.

„Und die anderen drei erkunden das Gelände", fuhr Kitty fort. „Wenn unten am Steilhang wirklich eine Höhle oder ein Eingang ist..." Sie stockte. „Hört mal", flüsterte sie. Es kam tief aus dem Berg. Dumpf und gleichmäßig. Jetzt hörten wir es alle.

„Es klingt wie ein Schmiedehammer", sagte Gordon leise, „... als ob Menschen im Berg arbeiten..."

„Wir müssen den Berg absuchen bis zur Burgruine", sagte ich. „Vielleicht finden wir eine Spur."

Und so machten wir es. Die nächsten Tage suchten wir die Gegend ab, bis zur Ruine oben am Hang, das Gelände über der Felswand, aber kein Zeichen fiel uns auf. Nur das dumpfe Geräusch aus dem Berg setzte bei Einbruch der Dunkelheit ein.

„Es beginnt immer um die gleiche Zeit abends", sagte Osse.

Eine Woche verstrich, ohne daß wir mit unseren Ermittlungen weiterkamen. Aber in der folgenden Woche stießen wir auf eine Spur, die uns dem Geheimnis näherbringen sollte.

Robert und Gordon waren in der Stadt mit ihren Fahrrädern unterwegs und kamen an Toms Eisenwarengeschäft vorbei. Sie beobachteten, wie zwei Männer eine Wasserpumpe, Pikkel und Schaufeln und eine Kabelrolle in ihr Auto luden. Sie fuhren einen grünen Geländewagen mit ausländischem Kennzeichen. Sie bogen Richtung See ab. Robert und Gordon konnten sie unbemerkt verfolgen. Dann verschwanden sie in einem umzäunten Waldgrundstück, das keine 500 Meter von unserem Baumhaus entfernt lag. Wir beschlossen, am nächsten Tag das Grundstück näher zu untersuchen. Wir bauten uns aus Baumstämmen und Dachlatten zwei Leitern und stellten eine davon an einer geschützten Stelle an den Zaun, die zweite ließen wir auf der anderen Seite hinab. So konnten wir schnell fliehen, falls wir entdeckt werden sollten. Wir gingen hintereinander durch einen Pappelwald. Als sich der Wald lichtete, sahen wir oben am Hang die dunklen Umrisse eines viereckigen Gebäudes, das aus der Erde ragte.

„Der Bunker", sagte Gordon leise. Wir pirschten uns vorsichtig heran. Auf der Seite fanden wir den Eingang, schwarz und geheimnisvoll. Da hörten wir das dumpfe Klopfen wieder.
„Mach die Taschenlampe an", sagte Robert flüsternd. Gordon leuchtete die Wände ab. Wasser rann an ihnen herab und Wasser tropfte von der Decke. Osse legte seinen Kopf mit dem Ohr dicht an die Wand. „Das Geräusch ist viel lauter", flüsterte er. „ Hört mal." Wir machten es ihm nach. Das dumpfe gleichmäßige Klopfen wurde deutlicher. Vorsichtig schritten wir weiter, Gordon mit der Taschenlampe an der Spitze und wir einer hinter dem anderen.
„Stufen", sagte Gordon plötzlich, „wir müssen dicht zusammen bleiben." Stufe für Stufe stiegen wir hinab. Unten öffnete sich ein langer, schmaler Gang. Das dumpfe Klopfen wurde immer lauter.
„Das Licht dort", flüsterte Gordon.
„Ja, wir sehen es", antwortete ich leise, „ mach die Lampe aus."
Vorsichtig gingen wir weiter. Dann sahen wir es.
„ Ah, wie in einer Fabrik", flüsterte Kitty, „ die arbeiten nachts."
Wir sahen, wie Männer Maschinen bedienten.

Ein besinnlicher Angelurlaub

Berthold Servatius und sein Freund Max Braun wuchsen zusammen auf, gingen gemeinsam zur Schule und seit jeher stand einer für den anderen ein. Beide waren begeisterte Angler und in diesem Jahr wollten sie sich einen lang gehegten Traum erfüllen: Angeln in Florida.

Die Reise war gebucht, alle Vorbereitungen getroffen, die Koffer gepackt, da kam Berthold zu seinem Freund und hielt ihm einen Brief hin. Max überflog den Text und setzte sich. „Das ist ja während unseres Angelurlaubs." Berthold nickte.

„ ...24 Punkte in Flensburg ...", las Max leise, „ ... drei Punkte rote Ampel, drei Punkte 92 km ..." Er las nicht weiter, denn Berthold unterbrach ihn: „Was soll ich Anna sagen? Wenn sie das erfährt, will sie nichts mehr von mir wissen."

Max sah ihn mit seinen großen Augen an: „Ich möchte Gaby mit nach Florida nehmen. Dein Flugticket müßte auf sie umgeschrieben werden."

Berthold wollte etwas sagen, aber er brachte kein Wort heraus. Mit offenem Mund sah er seinen Freund an.

„Nach Saarlouis kommen nur die leichten Fälle", sagte Max. „Das Gefängnis liegt neben dem Kloster der Franziskaner."

„Was soll ich Anna sagen?" sagte Berthold leise. „Ich habe sie noch nie belogen."

„Du brauchst deine Verlobte ja nicht anzulügen. Laß sie im Glauben, daß wir in Florida angeln. Sonntags ist Freigang, dann kannst du sie anrufen."

Nach langem Hin und Her stimmte Berthold zu.

Drei Tage später begleitete Anna die beiden zum Merziger Bahnhof. „Ich habe dir was zum Lesen eingepackt, Berthold.

Beim Angeln hat man ja viel Zeit", sagte Anna. Sie wandte sich an Max: „Und du paßt auf ihn auf."

Als Berthold die steinerne Treppe hochging und auf die Klingel der Vollzugsanstalt drückte, fühlte er sich nicht wohl in seiner Haut. Weniger wegen der drei Wochen, die er hier absitzen mußte, vielmehr wegen seiner Verlobten Anna. Er fühlte sich ihr gegenüber schuldig.

Berthold legte dem Vollzugsbeamten den Beschluß vor und dann den Personalausweis.

„Sie wissen, warum Sie hier sind?", fragte der Mann.

Berthold nickte. Der Mann hinter dem Schreibtisch musterte ihn von oben bis unten und sein Blick blieb auf der großen blauen Reisetasche haften. Auf der einen Seite ragte der schwarz gummierte Griff mit der silbernen Rolle seiner Angelrute heraus.

„Angeln kann man bei uns nicht", sagte der Beamte, „aber zum Lesen hat man viel Zeit" und fügte nach einer kurzen Pause mit einem prüfendem Blick auf Berthold hinzu: „ ... und viel Zeit zum Nachdenken."

In den folgenden zwei Wochen schien für Berthold die Zeit stillzustehen. Er hatte über Florida gelesen, über Hochseefischen und hatte viel nachgedacht: über sich und Anna, über seine Freundschaft mit Max.

Jetzt am Sonntag mußte er seine Verlobte anrufen.

Er ging durch die Straßen und bog zum Stadtpark ein. Ein diesiger, kalter Nieselregen lag bleiern über der Stadt. Als er eine Telefonzelle sah, lief er darauf zu. Er konnte keinen klaren Gedanken fassen.

„Du hast aber lange gebraucht, um dich zu melden", begrüßte ihn Anna, „du hättest am Tag nach eurer Ankunft wenigstens anrufen können." Berthold schluckte.

„Wie ist das Wetter bei euch?", fragte sie.

„ … ja, jeden Tag über 30 Grad … strahlend blau von morgens bis abends." Draußen war ein starker Wind aufgekommen und Berthold sah, wie die Äste sich im Wind schief legten.

„ … jede Menge Bäume", sagte er, „sogar vor der Zelle, ein starker Wind weht hier."

„Geht es dir gut?", hörte er Annas Stimme sagen. Noch nie war sie so weit weg wie jetzt, schien ihm.

„Du darfst nicht den ganzen Tag ohne Mütze in der heißen Sonne sitzen."

„Ich paß schon auf." Seine Stimme kam ihm fremd vor.

„Ich bin froh, wenn ich wieder zu Hause bei dir bin."

„Das hast du schön gesagt, Liebling. Ich hab dich lieb."

„Ich dich auch."

Als Berthold aus der Tür der Telefonzelle trat, schlug ihm ein nasser, kalter Wind ins Gesicht. Er zog den Kragen seiner Jacke höher. Noch nie hatte er ein solches schlechtes Gefühl gehabt wie in diesem Moment. Er mußte mit Anna darüber sprechen, ihr alles sagen.

Nach einer unendlich langen Woche, als er die Gefängnistür hinter sich zuzog und die steinerne Treppe in die Freiheit hinuntergehen wollte, da standen Max, seine Freundin Gaby und Anna vor ihm, um ihn abzuholen.

Max blickte zu Boden. Er schien verlegen zu sein. Anna betrachtete Berthold mit großen Augen, kam auf ihn zu und nahm ihn in die Arme. Und Berthold wußte, daß er seiner Freundin niemals mehr etwas verheimlichen würde.

Eine unheimliche Begegnung

Ich war zwischen drei und vier Jahre alt, als ich die Geschichte von meiner Großmutter zum ersten Mal hörte, und die Geschichte ist heute noch so lebendig wie zur damaligen Zeit, als sie sich zugetragen hatte. Meine Großmutter stammte aus Kreutzwald, das ein paar Kilometer vom Ort des Geschehens entfernt lag.

Es war im Jahre 1750. In dem kleinen Dorf Lauterbach, das an der Grenze zu Lothringen liegt, lebte ein Mann von hünenhafter Gestalt. Er trug einen dichten Vollbart und sein Schnurrbart hing links und rechts wie ungeflochtene Haarzöpfe bis zur Brust herab. Er mochte so um die dreißig Jahre alt gewesen sein, aber seine Haarmähne und sein langer Bart ließen ihn älter erscheinen. Er besaß außergewöhnliche Kräfte, mystische Kräfte, mit denen er Kranke und Leidende, die aus der ganzen Umgebung zu ihm kamen, heilte. Er hieß Schober. Seine Freunde, Bauernsöhne aus dem Dorf, ließen ihm keine Ruhe. Da er ja solche Kräfte besäße, solle er sie ihnen in einem Experiment unter Beweis stellen. Sie wollten, daß er mit seinem übermenschlichen Willen, mit seinen mystischen Kräften den Teufel kommen lassen solle.

„Wißt ihr, was ihr da verlangt?", sagte er zu ihnen. „Damit werden die dunklen Mächte des Universums herausgefordert."

Die Freunde ließen nicht locker, sie reizten ihn so lange und sagten, daß es mit seiner Kraft nicht so weit her sei, sonst könne er ihnen dies doch zeigen.

„Der Teufel hat Kräfte, denen ich nicht standhalten kann", sagte Schober, „und wenn er einmal da ist, bekomme ich ihn nicht wieder weg". Er beschwor sie, von ihrem frevelhaften

Begehren abzulassen. Seine Freunde jedoch gaben keine Ruhe, bis er schließlich ihrem Verlangen widerstrebend nachgab.

Sie setzten sich um den schweren Eichentisch, der mitten im Raum stand. Einem Mann war die Sache nicht geheuer, er blieb an der Tür stehen, so daß er schnell nach draußen flüchten konnte.

Schober nahm die Hand links und rechts seines Nachbarn und forderte die anderen auf, es ihm nachzumachen, so daß der Ring geschlossen sei. Schober konzentrierte sich einige Minuten lang, sein Blick wurde ganz starr, dann begann er, erst langsam flüsternd, dann wurde seine Stimme lauter: „Ich rufe dich, Herr der Finsternis, ich rufe dich." Beim dritten Ruf klang seine Stimme beschwörend und er zitterte vor Anstrengung.

Es war eigenartig. Der struppige Mittelschnauzer, der immer knurrte, wenn ihm etwas nicht gefiel, verhielt sich auf einmal merkwürdig. Er lag auf einem alten Stück Teppich neben dem Kamin, reckte sich langsam, so als habe er Angst, zog den Schwanz ein und ging seitlich, den Kopf halb dem Kamin zugewandt, bis in die hinterste Ecke des Raumes und verkroch sich miefernd unter der alten Chaiselongue. Von draußen hörte man das Wiehern der Pferde. Es war nicht das übliche Wiehern, sondern sie wieherten, als ob sie Gefahr witterten.

Kein Fenster stand offen, die Türen waren zu und dicht, trotzdem fing die Flamme der Kerze auf dem Tisch an zu flackern, auch bei den Kerzen auf den Fenstergesimsen fingen die Flammen an zu flackern, erst langsam, dann immer stärker. Die Flammen im offenen Kamin tanzten wild umher, als ob durch den Kamin von draußen der Wind herunterwehte. Dann bildete sich ein bläulicher Dunst, der langsam über den Fußboden kroch. Die Gesellen bemerkten ihn nicht, gebannt starrten sie in die zitternde Flamme der Kerze, die vor ihnen auf dem Tisch stand. Dann spürten sie, wie etwas an ihren Füßen saugte, es schien ihnen, daß der Boden sich an ihre Schuhsohlen hefte-te. Sie sahen einander an und ihr Atem stockte. Dann wurde der Dunst dichter, wie Nebel, es war kein Nebel, es roch jetzt anders in der Kammer, wie nach Schwefel. Sie hielten sich immer noch gegenseitig bei den Händen, aber fester, so als ob sie sich gegenseitig beschützen wollten. Es war Angst, es war Furcht, in ihren schreckgeweiteten Augen stand sie, und kalte Schauder liefen über ihre Rücken. Über den Boden zog dieser sonderbare Nebel, schlangenförmig, sich windend bis zur Wand neben dem Kamin. Dort züngelte er hoch, es kam immer mehr Nebel hinzu, bis die Wand nicht mehr erkennbar war. Er fing an zu flimmern, verdichtete sich an verschiedenen Stellen, an anderen zog er sich auseinander und allmählich zeichnete sich eine Gestalt ab, gräßlich, furchtbar. Noch schlimmer war das Lachen. Es schien aus dem tiefsten Schlund des Universums zu kommen. Dieser Widerhall – kein Berg, keine noch so tiefe Schlucht auf dieser Erde kam dem gleich.

„Schober, du Narr! Warum hast du mich gerufen? Deine win-zige Kraft hast du nur bekommen für die Erde", rief die Stim-me.

„Geh, Satan!", rief Schober und setzte seine ganze Kraft in seinen Willen. Er zitterte, Schweiß lief ihm über die Stirn.

Die Freunde schrieen: „Mach ihn weg! Mach ihn weg!"

„Ich pack ihn nicht", sagte Schober mit zitternder Stimme, „ich hab euch gewarnt." An der Tür stand noch immer einer ihrer Freunde, hielt sich an der Klinge fest und schlotterte vor Angst.

„Lauf, Franz!", schrie Schober ihm zu. „Hol den Priester!"

Der Freund rannte los. Schober bot seine ganze Kraft auf, die furchtbare Erscheinung zurückzudrängen. Er zitterte am ganzen Körper, aber gegen diese Macht an der Wand konnte auch ein Mensch mit übernatürlichen Gaben nichts ausrichten.

Der Priester kam herein. Er blickte in die Runde. Totenblaß war er.

„Was hast du gemacht, Schober? O mein Gott! Jesus Christus", stieß er hervor und zog unter seiner schwarzen Kutte ein Gefäß hervor, tauchte den Stöckel hinein und warf im Bogen das Weihwasser an die Wand neben dem Kamin. Die Freunde lagen inzwischen auf dem Boden, hatten sich unter dem Tisch verkrochen, zitterten an allen Gliedern und einer hielt sich an dem anderen fest.

„Satan, weiche! Im Namen Christus. Satan weiche!", rief der Priester, seine Stimme bebte. „Schober, was hast du getan?", sagte er. Seine Stimme wurde leiser, so als versage sie ihm: „Die größte Macht neben Gott." Er warf Weihwasser, bis sein Kelch leer war.

An der Wand stand das Böse noch immer. Da kniete er sich auf den Boden, nahm das Kreuz, das um seinen Hals hing, und streckte es mit dem rechten Arm weit von sich, dem Teufel zugewandt und sprach: „Und ich sah einen Engel aus dem Himmel herabkommen, der den Schlüssel des Abgrunds und eine große Kette in seiner Hand hatte. Und er griff nach dem Drachen, der alten Schlange, die Teufel und Satan darstellt. Er band ihn zusammen und warf ihn in den Abgrund, wo er tausend Jahre schmachten sollte. Dann schloß er zu und verriegelte über ihm." Nachdem der Priester diesen Vers aus der Offenbarung ausgesprochen hatte, löste sich der Nebel langsam auf, das Bild an der Wand verschwamm, es bildete sich am Boden bläulicher Dunst, so wie das Szenario begonnen hatte. Die Flammen der Kerzen wurden ruhiger, das Feuer im Kamin flackerte wieder ruhig und der Dunst verschwand gänzlich. Der Spuk war vorbei.

Dieses Ereignis machte Schober noch berühmter. Von überall strömten die Menschen herbei und wollten sich von ihm heilen lassen. Seine übernatürliche Kraft übertrug sich auf den Sohn, dann weiter über Generationen hinweg. Der letzte in dieser Kette hieß Hans Schober. Er besaß nicht mehr die gleiche Kraft wie sein Urahn, sie reichte nur noch für zwei Heilungen am Tag.

Die Frau in Rot

Die Bar lag hinter einem alten Forsthaus außerhalb der Stadt. Unter den Rädern des Taxis knirschte der Kies, als es in die Einfahrt bog und vor dem grünen Neonlicht mit dem roten Schriftzug hielt. Vor Wochen war ich zum ersten Mal hier gewesen, ich konnte mich nur noch an wenige Dinge erinnern. Ich betrat die Bar, im schummrigen Licht bahnte ich mir den Weg durch die schweren Vorhänge, die von der Decke bis zum Boden hingen, in den Nischen standen einzelne Sitzgruppen. In einer Ecke spielte leise eine Musikbox. Ich setzte mich auf einen Hocker an der Bar, blickte in die Spiegelwand, wo hinter den Glasregalen das Licht rotgolden und in grünen Farben leuchtete. Ich bestellte ein Bier.

Neben mir saß ein Mann, ich schätzte ihn um die vierzig. Er trug eine dicke hörnerne Brille. Die Frau, die neben ihm stand, hatte einen Cocktail vor sich stehen. Der Mann forderte die Frau auf, mit ihm zu knobeln.

„Kann ich mit knobeln?", fragte ich.

„Ja", sagte der Mann, „wir knobeln um eine Mark für die Musikbox." Die Frau schien eine Barangestellte zu sein.

„Hast du keine Angst, daß du verlieren könntest?", fragte sie, indem sie sich zu mir wandte und lächelte.

Ich schüttelte den Kopf: „Nein, ich bin Spieler", antwortete ich.

Am Ende der Theke stand ein älterer Herr, graues Haar, grauer Anzug, er sah herüber und lächelte.

Ich verlor zweimal. Beim dritten Spiel gewann ich im Endkampf gegen den Mann. Ich war am Anraten. Ich legte die geöffnete Hand flach auf die Theke und sagte: „Bluff!"

„Mut hat er", sagte die Frau neben dem Mann und betrachtete mich mit eindringlichem Blick. Der Mann nahm seine Brille ab, schüttelte den Kopf und lachte: „Und das beim Anraten."
„Welche Musik darf ich für dich auflegen?", fragte die Bardame hinter der Theke. Sie war Jugoslawin, eine Frau in mittlerem Alter.
„Laß mir meine Welt", sagte ich. Sie betrachtete mich kurz und lächelte. Ich trank ein zweites und drittes Bier und lauschte der Musik.
„Hast du Durst?", hörte ich eine Stimme neben mir sagen, als ich das Glas auf einen Zug leertrank, und ich sah im Spiegel hinter der Theke neben mir ein ovales, fein geschnittenes Gesicht, das von schwarzen, seidigen Haaren umrahmt war, die an der linken Seite mit einer silbernen Spange festgehalten wurden. Ich drehte mich zu ihr um. Es war die Frau, die mich vor ein paar Wochen eingeladen hatte, mich mit ihr zu unterhalten. Ich hatte sie gefragt, worüber sie sich gerne unterhalten wollte.
„Übers Wetter", hatte sie erwidert.
Sie trug ein weinrotes Kleid mit Spitzensaum, an den Armen hing es weit und glockenförmig herab. Der Ausschnitt war mit Spitzen umrandet und wo ihre Brüste sich teilten, war der Saum etwas hoch gerichtet.
„Ich gebe dir keinen aus", sagte ich, „ich habe nicht viel Geld bei mir."
„Deshalb bin ich nicht gekommen", sagte sie.
„Aber du willst doch etwas trinken", sagte ich. "Was gibt es denn alles hier?" Sie sah auf die Spiegelwand hinter der Theke, wo sich Flasche an Flasche reihte und zählte der Reihe nach die Getränke auf. „Einen Whisky", sagte sie, „der kostet vier Mark."

Nach einer Pause fügte sie hinzu: „Das ist kein Ausgeben, anders ist es bei Cocktail oder Champagner.

„Gut", sagte ich.

„Darf man in deinem Job so lange Haare tragen?", fragte sie.

„Jeder so lange wie er will", sagte ich, „sie müssen nur gepflegt sein." Sie strich mit der Hand über meinen Bart und über das Haar im Nacken und lachte. "Du hast ein unruhiges Leben geführt."

„Woran siehst du das?"

„An allem. Deiner Stimme. Deiner Art. Deinen Augen. Sie sind wie ein Bilderbuch. Einiges weiß ich schon von dir...Alex", sagte sie, und als sie meinen erschreckten Blick sah, berührte sie für einen Moment mit ihrem Kopf meine Schulter und lachte.

„Kennst du noch meinen Namen, Alex?" Sie sah mir gespannt in die Augen.

„Du heißt..." Ich hatte ihren Namen vergessen.

„...Monika", ergänzte sie. „Erzähl von dir, ich will dich kennenlernen."

Ich sah in ihr Gesicht, in dieses Grün ihrer Augen, und für einen Moment führten mich meine Gedanken weit zurück in die Vergangenheit und als ich sie sagen hörte: „So nah und doch so weit weg", schlug die Perspektive meiner Augen wieder um und ich sah ihren fragenden Blick.

„Warum willst du mich kennenlernen? Ich bin nichts, ich tauge nichts, ich habe in meinem Leben viele Dinge gemacht, die unsinnig waren."

„Das glaube ich nicht", sagte sie und sah mich mit ernsten Augen an. "Du siehst gar nicht so aus, als ob du dumm wärst oder nichts könntest. Du scheinst von dir enttäuscht zu sein. Was ist dir nicht gelungen?"

„Aber versteh doch, mit mir ist nichts anzufangen", sagte ich. „Ich bin ein Säufer. Sieh, jetzt geht es schon seit Dienstag.

Drei Tage lang. Mittwoch hatte ich Geburtstag und ich bin immer noch am Trinken."

„Das ist nicht so schlimm", sagte sie. "Daß du nichts mehr kannst, das glaube ich dir. Aber wenn du nüchtern bist, dann kannst du viel."

„Nein, das einzige, was ich könnte...", ich zögerte einen Moment, „ wäre... schreiben. Aber davor habe ich zu große Angst. Ich fürchte mich davor."

„Warum?" Sie sah mich fragend an.

„Ich glaube, ich werde dann versagen. Ich weiß nicht genau, wozu ich fähig bin."

„Das Gedicht, das du mir das letzte Mal gezeigt hast, war sehr gut." Sie merkte, wie ich bei ihren Worten zusammenzuckte und sie lächelte wissend. Sie strich mit ihrem Finger zart über meine Wange und blieb an einer Stelle stehen.

„Was ist das?", fragte sie

An einer Stelle war eine Verdickung der Haut.

„Das ist nicht schlimm", sagte ich.

„Aber das ist doch nicht normal."

„Das ist noch gar nichts", sagte ich, „du solltest mal meinen Rücken sehen. Voller Striemen". Ich machte eine kreuzende Handbewegung über meine Brust.

„Zeig", sagte sie und wollte mein Hemd auf dem Rücken hochziehen. Ich ließ es nicht so weit kommen und hielt ihre Hand fest.

„Deshalb schäme ich mich, wenn ich mit einer Frau ins Bett gehe. Ich ziehe mich nicht gern aus." Sie sah mich fragend an und wollte etwas sagen.

„Und da ist noch etwas, warum ich keine Frau habe. Es gibt noch etwas anderes, warum ich mich schäme."

„Was?", fragte sie.

„Ich kann nicht viel. Verstehst du, was ich meine?"

„Sag so was nicht. Daß du jetzt nichts mehr fertigbringst, das glaube ich dir." Sie machte eine Pause und fügte hinzu: „Das nächste Mal, wenn du kommst, sei bitte nüchtern."

„Ich werde nicht mehr nüchtern werden", sagte ich. Sie sah mich an und küßte mich, erst auf die Wange, dann auf den Mund.

„Ich werde dich kaputtmachen", sagte sie, „...fertig machen."

Ich sah bei den letzten Worten das Glimmen in ihren Augen und ihre Nasenflügel hoben sich für einen Moment.

„Willst du mit mir fahren? Auf mein Zimmer. Willst du?"

Sie nickte, und während ich sprach, küßte sie mich auf den Mund. „Liebling", sagte sie.

„Ich verstehe dich nicht", sagte ich, „ich kann einfach nicht verstehen, daß ich einer Frau gefalle. Ich glaube nicht, daß eine Frau mich jemals lieben kann."

„Doch man kann. Man kann dich sehr lieben", sagte sie.

„Könntest du mich lieben?" fragte ich zaghaft. "Sag es."

Sie zögerte: „Ja, ich kann."

Ein Schauer durchlief mich. Und ein eigentümliches Gefühl, das ich so lange nicht mehr verspürt hatte, stieg empor, durchlebte meinen Körper und ich küßte sie auf Nase, Mund und Hals. Sie legte ihre Arme um mich, strich über mein Haar und als ich etwas sagen wollte, erstickte sie die Worte mit ihrem Mund.

„Wenn du mich so gern hast, werde ich dir alles geben, was ich habe. Ich werde dir mit meinem Können eine ganze Welt zu Füßen legen. Ich werde dich glücklich machen."

Sie legte ihren Zeigefinger auf meinen Mund, so daß ich nicht mehr weitersprechen konnte. Sie sah mir in die Augen. Ihre Hand krallte sich in mein Haar im Nacken.

Am Ende auf der anderen Seite der Theke blickte die Jugoslawin zu uns herüber. Sie betrachte die Frau an meiner Seite mit eindringlichem Blick und ich glaubte, ihr Blick verriet, daß es ihr nicht recht war. Und als ich dies sah, verstärkte sich das Gefühl in mir und ich sagte zu mir: Monika mag dich.

Der Taxifahrer, den ich für eine bestimmte Zeit bestellt hatte, kam herein und blieb ein paar Schritte entfernt stehen.

Ich bezahlte und als ich die Briefmappe wieder einstecken wollte, fielen ein paar Papiere zu Boden. Monika bückte sich schnell, hob sie auf und ihr Blick fiel auf den Ausweis. Es war ein altes Bild, ohne Bart und mit kurzgeschnittenem Haar. Sie stockte einen Moment, blickte mich an, und ich sah, wie sie schluckte und ihr Gesicht ernst wurde.

„Warte einen Moment", sagte sie und verschwand im Neben-raum an der anderen Seite der Theke. Als sie zurückkam, schob sie mir ein gefaltetes Kuvert in die Hand. Sie küßte mich auf den Mund und flüsterte mir ins Ohr. „Erst im Taxi aufmachen."

Ich steckte das Kuvert in die Tasche und sah mich um, ob jemand es gesehen hatte. Ich ging hinaus.

Im Taxi öffnete ich das Kuvert. Ein kleiner, flacher Schlüssel lag darin und auf einem Blatt Papier las ich: „Schlafe, ich bin gegen vier Uhr da." Darunter stand ihre Adresse, sie befand sich mitten in der Stadt.

„Wohin?", fragte der Taxifahrer.

„In die Stadt", sagte ich.

Die Botschaft

Es war eine düstere Novembernacht und ich war allein zu
Hause. Der Hund hatte schon ein paar Mal angeschlagen,
als er gegen Mitternacht endlich Ruhe gab. Ich wälzte mich
noch eine Weile hin und her, hörte das alte Haus ächzen und
knarren und war gerade eingeschlafen, als ich spürte, daß es
ganz hell im Zimmer geworden war. Ich öffnete die Augen und
sah, wie sich der Vorhang am offenen Fenster hin und her bewegte. Für einen Augenblick riß die Wolkendecke auf und ich
sah die Sichel des Mondes dahinter und ein matter silberner
Lichtstrahl fiel durchs Fenster und an die Wand gegenüber
auf die Standuhr. Es wurde ganz still. Die Uhr, dachte ich. Das
gleichförmige Ticken der Uhr hörte auf einmal auf. Die Zeit
schien stillzustehen. Träumst du, fragte ich mich. Ich konzentrierte mich auf das Ticken der Standuhr. Sie war stumm, so,
als ob jemand das Pendel festhielt. Die Atmosphäre wurde
immer drückender. Ich fühlte deutlich Schwingungen. Irgend
etwas lag in der Luft. Im gleichen Augenblick hörte ich leise
Schritte... Jemand kam langsam gegangen, aber... das waren
keine menschlichen Schritte... für einen Menschen waren sie
zu leise und zu behutsam...
Ein Toter! fuhr es mir jäh durch den Kopf. Die Schritte kamen
immer näher, ganz nahe, dieser geheimnisvolle Jemand mußte
jetzt dicht vor mir stehen. Ich spürte, wie sich ein Gewicht auf
meine rechte Schulter legte. Vor Entsetzen war ich starr wie
versteinert. O mein Gott, laß es nicht sein, betete ich, und ich
spürte, wie sich die Haare auf meinem Kopf aufrichteten und
kalter Schweiß rann mir über das Gesicht. Die Kehle schien
wie zugeschnürt, der Atem stockte. Draußen stöhnte klagend
der Wind.

Ist das Wirklichkeit oder bilde ich mir das nur ein, sagte ich zu mir. „Nein!", schrie ich. „Noch nicht! Bitte noch nicht mitnehmen. Ich möchte noch leben. Nur ein paar Tage, ein paar Jahre. Nicht in diese ewige Dunkelheit."

Plötzlich hörte ich ein eigenartiges Geräusch. Mir war, als käme es von draußen. Es schien, als ob der Wind mit mir sprechen wollte, es hörte sich an wie ein leises Murmeln, das immer deutlicher wurde. „Ich habe in deinem Leben wie in einem offenen Buch gelesen." Die Stimme schien von weit herzukommen, aus Gefilden, die fern jeder menschlichen Vernunft zu liegen schienen.

„Wer bist du, fremdes Wesen?", fragte ich mit zitternder Stimme.

„Ich bin ein Wesen des Lichts. Energie... aus der Tiefe des Universums."

„Kein Mensch?"

„Ich hatte einen Körper und war auf der Erde... vor langer, langer Zeit."

„Du warst ein Mensch?"

„Ja, wie du. Nach meinem Tod kam ich in eine andere Welt."

„Ins Jenseits", sagte ich zaghaft.

„Es gibt eine Welt hinter dieser Welt, aber du als Mensch wirst sie nicht begreifen."

„Warum nicht?"

„Das Gehirn des Menschen ist begrenzt." Es entstand eine Pause, dann fuhr die Stimme fort: „...vielleicht in Zukunft, in ferner Zukunft, falls ihr überlebt."

„Du meinst, wenn der Mensch die Welt nicht zerstört?"

„Ja, und wie Menschen miteinander umgehen."

„Du denkst an Kriege?", fragte ich.

„Nicht nur an Kriege. An die Verteilung der Güter auf der Erde. Wenige haben genug davon, aber für die Mehrzahl der

Menschen bedeutet Leben ein ständiger Kampf ums Brot, der immer härter und schwerer wird, die ganze Welt wird immer grausamer. Die Welt steckt voll von menschlichem Leid."

„Was kann ein einzelner Mensch gegen diese Ungerechtigkeit tun?", fragte ich. „Was kann ich selber dagegen ausrichten?"

„Viel", antwortete die Stimme. „Einstein, einer eurer größten Wissenschaftler, sagte einmal: ‚Wenn eine kleine Feldmaus zum Firmament blickt, hat sie das Universum mit verändert.'"

„Kann denn der Gedanke so stark sein?", fragte ich.

„Erste Gedanken besitzen enorme Energie. Die Gegenwart ist durchdrungen von gewaltiger Energie. Erste Gedanken sind voller Inspiration, Inspiration bedeutet zu atmen, Gott zu atmen."

„Das verstehe ich nicht", sagte ich.

„Du hattest einmal Anteil an dieser Energie", sagte die Stimme.

„Ich mit der Energie?"

„Ja. Du standest einmal in Verbindung mit den mächtigen Kräften des Universums. Es ist lange her. Forsche in dir."

„Wann war es?"

„Alles ist auf eine großartige und kraftvolle Weise aufeinander abgestimmt", fuhr die Stimme fort ohne auf meine Frage einzugehen. „Ich bin gekommen, um dich daran zu erinnern..."

Es trat eine Pause ein und nach einer Weile hörte ich sie sagen:

„...und dich an dein Versprechen von damals zu erinnern. Ich werde dich auf einen Weg mitnehmen, wo du noch nie warst."

Ich zuckte zusammen, ich hatte Angst.

„Du brauchst keine Angst zu haben. Es wird dir nichts geschehen. Du schläfst ein und im Traum werde ich dich an einen Ort führen, wo du das Leiden und die Wünsche der Menschen erleben wirst. Wenn du das mit eigenen Augen gesehen hast, wirst du verstehen, daß du helfen mußt, es kommt auf jeden einzelnen an."

Ich spürte wieder diesen Druck auf meiner rechten Schulter, dann fühlte ich mich leicht, frei, in einem Zustand von Schwerelosigkeit. Ich erhob mich schwebend von meinem Bett, immer höher, und ich sah mich über das Meer fliegen, über gefährlich hohe Wellen, düstere Wolken, die dicht über dem Wasser dahinjagten, und ich fühlte, daß sie die ganze Trauer, die ganze Verzagtheit dieser Welt in sich trugen.

Dann stand ich an einem Fluß. Hunderte von Frauen standen in dem schmutzig braunen Wasser und fischten nach faustgroßen Steinen. Am Ufer warteten ihre Kinder, die jüngsten vielleicht vier Jahre alt, in ihren winzigen Händen hielten sie schwere Hämmer. Sie saßen auf einem Haufen Schotter und schlugen schwere Steine klein. Ein kleines Mädchen saß etwas abseits von den anderen. „Sie lacht fast nie", sagte die Stimme neben mir, „das Fröhliche, das Unbeschwerte, sie hat es verloren."

Sie wirkte wie eine alte Frau, verborgen im Körper eines Kindes.

„Sie müssen arbeiten, um zu überleben", sagte die Stimme weiter.

Und ich sah, wie der Hammer des kleinen Mädchens niedersauste, wieder und wieder, und mit jedem Stein, den sie zerschlug, hatte ich das Gefühl, zerbrach sie selbst ein bißchen mehr. Ich spürte, wie Tränen mir über das Gesicht rannen, die Kehle sich mir zuschnürte.

Als ich am Morgen erwachte, spürte ich, daß mein Gesicht ganz naß war, und als ich die rechte Hand öffnete, um mir die Tränen wegzuwischen, fiel ein kleiner Stein auf die Bettdecke, und da wußte ich: es kommt auf jeden einzelnen Menschen an.

Der verfehlte Mord

Es war an einem kalten Samstagmorgen im November. Die Sonne war noch nicht aufgegangen und der Nebel zog in Schwaden über die Oberfläche des Wassers.

Kommissar Philipp Thomas stand dicht am Ufer, wo die Böschung steil zum Fluß hinabfiel, und beobachtete, wie die Polizeibeamten die Leiche, die kopfüber im Wasser schwamm, heraushoben und ans Ufer legten. Der Wagen der Spurensicherung stand etwas abseits im Feldweg und die Beamten waren dabei, das Gelände abzusuchen. Sie waren von einem Angler gerufen worden, der hier vorbeigekommen war und die Leiche entdeckt hatte. Der Gerichtsmediziner, Dr. Fink, war dabei, die Leiche zu untersuchen.

„Anzeichen für einen Kampf?", fragte Thomas.

„Nein."

„Ein Unfall?" Fink schüttelte den Kopf.

„Was meinst du?", fragte Thomas. Fink war ein alter Bekannter von Thomas. Gemeinsam hatten sie schon viele Fälle gelöst, die anfangs aussichtslos schienen.

„Einen Schlag auf den Hinterkopf, er fällt vornüber, ist bewußtlos und ertrinkt..., so ungefähr", sagte Fink und sah Thomas mit einem Augenzwinkern an. „Mit deinem analytischen Verstand und deiner Fantasie wirst du den Fall schnell aufklären." Er zog eine Brieftasche aus der Jacke des Toten, fand einen Ausweis und las: „Adolf Groß, Düppenweilerstraße 51, Schmelz – Hüttersdorf."

Das Anwesen lag außerhalb des Dorfes. Kommissar Thomas fuhr über einen schmalen asphaltierten Waldweg und blieb vor einer großen Sandsteinmauer, die von Hecken überwachsen war, stehen. Er klingelte seitlich des eisernen Tores.

„Wer da?", fragte eine Frauenstimme. „Kommissar Thomas".
Das Tor wurde auf einer Seite elektrisch aufgefahren. Er ging
über einen natursteingepflasterten Weg auf das villenartige
Haus zu. Wilder Wein rankte an den Mauern bis zu den Ge-
simsen am Dach empor, die Morgensonne spiegelte sich in den
Fensterscheiben. An der Giebelseite stand ein silberfarbenes
Mercedes Cabriolet älterer Bauart. Die Vorderräder waren
stark eingeschlagen und Thomas fiel auf, daß in den Rillen
rötlicher Sand haftete wie unten am Fluß, wo er herkam. Die
Tür, eine schwere mit Messing beschlagene Eichentür, stand
halb offen und Thomas trat ein. Eine Frau, mit einem Mor-
genmantel bekleidet, kam auf ihn zu, der Kommissar wies sich
aus, zog den Ausweis hervor, den sie beim Toten gefunden hat-
ten, und hielt ihn der Frau hin.
„Ist dies Ihr Mann?" Sie blickte kurz darauf und nickte.
„Mein Mann ist vor drei Monaten ausgezogen zu seiner neuen
Freundin." Sie steckte sich eine Zigarette an und zog in langen
Zügen. „Wie kommen Sie zu diesem Ausweis?"
„Wir fanden ihn in der Jacke, die er anhatte", sagte Thomas.
„Ist er tot?"
„Vermutlich ertrunken beim Angeln. Aber das ergibt die Ob-
duktion." Kommissar Thomas blickte sie forschend an und
fügte nach einem Moment hinzu: „Kann auch sein, daß man
nachgeholfen hat. Wo waren Sie heute morgen zwischen fünf
und sechs Uhr?"
„Geschlafen. So früh stehe ich nicht auf. Wollen Sie damit
sagen, daß ich verdächtigt werde?"
„Genau. Ein Motiv hatten Sie." Sie blickte den Kommissar fragend an.
„Eifersucht", sagte Thomas. „Aus Eifersucht und Rache."
Sie zog tief an ihrer Zigarette und lachte. „Kommissar, wir
haben uns die letzten Jahre auseinandergelebt. Adolf ist zu

Maria, der Frau seines besten Freundes, gezogen – Wolfgang Leinen, sein bester Freund." Sie beugte sich über den Tisch und blickte den Kommissar prüfend an: „Herr Kommissar, was macht ein Mann, der als Fernfahrer die ganze Woche auf Tour ist, heimkommt und sieht, daß sein bester Freund bei seiner Frau eingezogen ist?"

„Es ist ein Motiv", sagte Thomas. „Wo finde ich seinen Freund Wolfgang Leinen?"

„Er hat sich ein Zimmer gemietet in der Klosterschenke", sagte sie und beschrieb dem Kommissar den Weg dorthin.

„Halten Sie sich zur Verfügung", sagte Thomas, verließ das Haus und fuhr auf direktem Weg zur Klosterschenke. An der Theke standen vier Männer, Angler, die sich angeregt unterhielten. An der Garderobe hingen Köcher und aus den olivenfarbenen Futteralen ragten Angelruten hervor. Er fragte den Wirt nach Wolfgang Leinen.

„Wolli muß oben in seinem Zimmer sein", sagte der Wirt. Die Männer an der Theke verstummten. Der Wirt führte Kommissar Thomas eine steile hölzerne Treppe in den zweiten Stock hinauf. Thomas klopfte an, trat ein und wies sich aus. „Sie sind Herr Wolfgang Leinen?", fragte er den Mann mit dem kurzgeschnittenen, blonden Borstenhaar, der am Tisch saß.

„Ja", sagte der Mann.

„Sie wissen, warum ich hier bin."

„Das ist wie ein Lauffeuer", sagte der Mann, „so was spricht sich in einem Dorf sehr schnell herum."

„Herr Leinen, wo waren Sie heute morgen zwischen fünf und sechs Uhr?"

„Angeln an der Prims."

„War jemand bei Ihnen?"

„Nein. Ich war allein."

„Sie wußten, wo Ihr Freund angelte. Sie waren oft gemeinsam an der Prims zum Angeln?"

„Ja."

„Adolf Groß war Ihr bester Freund?"

„Ja", sagte Leinen, „bis zu dem Tag, als er mir meine Frau weggenommen hat."

„Sie haben aus Eifersucht ihren Freund umgebracht."

„Nein, das habe ich nicht. Ich war nicht an der Stelle, wo er angelte. Ich war einen Kilometer weiter."

„Herr Leinen, ich werde Sie jetzt festnehmen."

Inzwischen hatte die Spurensicherung ihre Arbeit ausgewertet. Das Ergebnis der Obduktion lag vor. Kommissar Thomas hatte die Verdächtigen zur Rekonstruktion der Tat zum Fluß bestellt. Es war Montag, der 16. November, frühmorgens um sechs Uhr. Die Scheinwerfer des Polizeiwagens warfen ihr Licht zur Böschung, wo ein Mann von gleichgroßer Gestalt des Ermordeten saß. Er trug die gleiche Jacke, die breite Krempe seines Hutes hatte er heruntergeschlagen.

Der Kommissar deutete Frau Groß und Herrn Leinen an, mit ihm zu kommen. Sie standen jetzt dicht hinter dem Mann. Philipp Thomas zog einen länglichen Gegenstand unter seinem Mantel hervor. „Das ist ein Baseballschläger, die Tatwaffe, die wir 300 m von hier in den Büschen gefunden haben." Der Kommissar sah Wolfgang Leinen an, dann drehte er sich langsam zu Frau Groß um. „An diesem Schläger haben wir Haare gefunden – Haare des Toten." Er reichte Frau Groß den Schläger: „Nehmen Sie und heben Sie ihn hoch", sagte er mit lauter Stimme. Die Frau nahm den Schläger, hob ihn langsam hoch, da drehte sich der Mann langsam um. Im Licht der Scheinwerfer konnte man sein Gesicht deutlich erkennen. Ein Zittern durchlief den Körper der Frau, sie ließ den Schläger sinken und flüsterte nach Luft ringend: „Adolf... du..."

„Ja, das ist Ihr Mann, Adolf Groß", sagte der Kommissar, Sie haben seinen Bruder getötet. Er war mit ihm zum Angeln hier. Adolf mußte aber am Samstag morgen zum Arzt. Sein Bruder blieb hier zurück. Er zog die Jacke von Adolf an.

Kommissar Thomas nahm den Schläger, hielt ihn vor das Gesicht von Frau Groß. Oben am Griff waren zwei Buchstaben eingeschnitzt, durch die Zeit waren sie abgegriffen, aber beim genauen Hinsehen konnte man sie entziffern.

„Was sehen Sie, Frau Groß?", fragte Thomas.

„A.G.", sagte die Frau.

„Das ist der Beweis", sagte Thomas. „Es ist der Baseballschläger, den Sie ihm vor Jahren geschenkt haben."

Verlorene Beute

Fast geräuschlos glitt der letzte Nachtzug aus der Halle. Der Bahnsteig war leer, bis auf einen einzelnen Mann. Er hatte sich eine Zigarette angezündet und starrte dem Zug nach, dessen rote Schlußlichter rasch kleiner wurden.

„Alle Bahnhöfe sind nachts irgendwie gleich", dachte er und zog den braunen Filzhut tiefer in die Augen, die unter den dichten buschigen Brauen hell und grau hervorsahen.

Der Regen plätscherte auf den dunklen Asphalt. Mit federndem Gang, in dem etwas Gespanntes, Lauerndes lag, schritt er über den Platz hinüber zum Taxistand.

Seit zwei Jahren war Jack Bradow auf der Suche nach seinem Partner Bill Mason. Sie waren damals zu dritt, als sie den großen Coup in Jacksonville landeten. Von dem Juwelendieb berichteten alle Zeitungen. Und seitdem war er auch auf der Flucht vor der Polizei.

Er war in ein paar Dutzend Städten gewesen, um Bill aufzuspüren. „Zu Billy's Inn, Fifth Avenue", sagte er auf den fragenden Blick des Taxifahrers. Den Tip hatte er von einem Spitzel in Chinatown erhalten.

In ihm stieg die Erinnerung an die Zeit vor zwei Jahren auf. *Sie hatten das Alarmsystem in der Bank ausgeschaltet, die Lichtsperre zum Tresorraum überwunden und die Juwelen im braunen Koffer verstaut, als die Sirenen plötzlich losheulten: Hals über Kopf suchten sie ihr Werkzeug zusammen. Dann hörten sie schon das Horn der Polizei. Bill und er konnten sich noch rechtzeitig durch den dunklen unterirdischen Gang in das verzweigte Kanalsystem retten. Bill hatte den braunen Koffer dabei. Von Joe wußte er nur, daß er zurückblieb und das Werkzeug verstaute. Wie er entkam, war ihm ein Rätsel.*

51

Jack sah durch das Fenster, wie die bunten Lichter vorbeiflogen. Einen kurzen Moment schlug die Perspektive seiner Augen um und sein Blick blieb an der Spiegelung in der Fensterscheibe haften: ein markantes Kinn, das Entschlossenheit verriet, die dünnen Lippen wirkten wie ein Strich.

Das Taxi hielt vor einer Leuchtreklame. Auf der anderen Seite flackerte das Transparent „Billy's Inn". Jack tastete nach seiner Pistole, Kaliber 38, und entsicherte sie.

Dann betrat er einen langen, rauchverhangenen Raum. Er setzte sich auf einen Hocker an der langen schmalen Theke, die bis zur anderen Seite des Raumes verlief. Eine Bardame in mittlerem Alter kam auf ihn zu und Jack bestellte ein Bier.

„Sie sind fremd hier", sagte sie und schob die Flasche vor ihn. Jack nickte. „Ich möchte Bill sprechen", sagte er.

Die Bardame sah ihn fragend an.

„Ihren Chef", sagte Jack, sein markantes Kinn schob sich beim Sprechen etwas nach vorne.

„Wen darf ich melden?", fragte sie.

„Jack", antwortete er und fügte hinzu: „Sagen Sie ihm: ein alter Freund."

Die Bardame ging durch den langen Raum und verschwand am hinteren Ende für einen Moment und kam wieder zurück. „Folgen Sie mir", sagte sie knapp. Sie gingen durch einen schmalen Flur an einem Raum vorbei, dessen Tür halb offenstand. Dicker Qualm hing unter der Lampe, die tief über dem Tisch hing. Darum saßen vier Männer, die Karten spielten. Zwei leicht bekleidete Mädchen drückten sich an Jack vorbei und kicherten.

Jack betrat einen Raum, der ganz mit dunklem Mahagoniholz vertäfelt war. Hinter einem großen wuchtigen Schreibtisch saß ein kleiner Mann mit dickem Vollbart. Unter seiner runden

Nickelbrille funkelten zwei Augen und musterten Jack eine Zeitlang.

Der Mann deutete Jack an, Platz zu nehmen. „Ich habe auf dich gewartet", sagte er langsam. „Setz dich."

Jack ließ sich auf der anderen Seite des Schreibtisches in einen tiefen ledernen Sessel gleiten. Er nahm den Hut ab und legte ihn auf die freie Fläche des Tisches.

„Du bist schmaler geworden, Jack".

„Ich habe zwei Jahre gebraucht, um dich zu finden, Bill", entgegnete Jack.

„Du bist gekommen, um dir deinen Anteil zu holen", sagte Bill.

„Ja. Warum warst du nicht am abgemachten Treffpunkt?", fragte Jack und sah gespannt in die kleinen, funkelnden Augen unter der Nickelbrille.

„Es ging nicht. Es wimmelte nur so von Bullen dort. Ich war ein halbes Jahr untergetaucht und dann kam ich hier nach New York." Er machte eine Pause. „Mit einem anderen Aussehen, einem anderen Paß...... als ein anderer Mensch."

Bill Mason stand langsam auf und ging zum Stahlschrank hinter sich. Jack zog seine Pistole aus der Tasche und richtete den Lauf auf den Rücken seines ehemaligen Partners.

„Du kannst die Waffe wieder einstecken", sagte Bill, ohne sich umzudrehen.

Er nahm einen braunen Koffer aus dem Schrank und Bill erkannte ihn sofort wieder, als er ihn vor sich auf den Tisch stellte, unverkennbar die beiden Gurte mit dem Silberbeschlag.

„Mach ihn auf", forderte Bill Jack auf.

Jack öffnete langsam die Gurte und öffnete den Koffer.

Was er sah, verschlug ihm die Sprache.

Jack erkannte das elektrische Werkzeug, das sie vor zwei Jahren benutzt hatten. Oben drauf lag ein Brief.

„Lies den Brief", sagte die Stimme hinter dem Kofferdeckel.
Jack öffnete das Kuvert und begann zu lesen. Und als er zum
Schluß kam, las er laut:
„.....ihr braucht euch keine Gedanken zu machen. Die Juwe-
len sind in Sicherheit."
Jack klappte den Kofferdeckel mit einem lauten Knall zu.
„Jo lebt", sagte Bill. „Er hat uns beide reingelegt."
„Ich werde ihn finden", sagte Jack, „...und wenn es am Ende
der Welt ist."

Drücken und festhalten

Sie nannten ihn „Wolli", sein richtiger Name war Wolfgang Grecke, er war ein Fernfahrer, der seinen Beruf über alles liebte. Wenn er die großen Routen in den Süden Spaniens oder Italiens fuhr, kam er alle zwei Wochen nach Hause, und wenn er die kürzeren Strecken hatte, war er jeden Freitag spätnachmittags daheim. An diesen Freitagen war er immer in seiner Stammkneipe, der „Klosterschenke", die am Rande unseres Dorfes in Hüttersdorf lag. Das Wochenende gehörte der Familie. Sonntags führte er seine attraktive Frau zum Essen aus.

Es war an einem Freitag vor neun Jahren und ich kann mich so gut daran erinnern, als sei es gestern gewesen, da veränderte sich seine Welt durch ein Ereignis von einem Moment auf den anderen.

Er kam zur Tür herein, begrüßte die Gäste mit seiner dunklen, markanten Stimme, stellte sich an die Theke, lachte wie immer und bestellte sich ein Bier und ein Kümmerling. Unter seinem kurzgeschorenen, blonden Borstenhaar schauten ein paar fröhliche Augen aus dem braunen wettergegerbten Gesicht hervor.

„Gib Fred auch ein Bier", sagte er und klopfte mir dabei auf die Schulter. Er erzählte von seiner Fahrt im Süden Italiens und nach etwa einer Stunde bat er mich, ihn heimzufahren, er wollte seiner Frau „Guten Tag" sagen und sich umziehen. Wir fuhren den kürzeren Weg über eine schmale, geschotterte Straße von der Rückseite an sein Haus heran. Links lagen die Gärten, und rechts von uns erhob sich ein Hügel, wo oben ein Friedhof lag.

„Fahr bitte etwas langsamer", sagte er.

„Was ist?", fragte ich.

„In unserem Garten hängt eine Hose und Unterwäsche...", sagte er langsam," ... die gehört mir gar nicht." Ich sah hinüber. Überall in den Gärten hing Wäsche auf der Leine, die im Wind hin und her flatterte.

„Vielleicht habt ihr Besuch bekommen", sagte ich, "deine Frau hat die Wäsche mit gewaschen." Er schüttelte den Kopf.

„Das kann nicht sein", sagte er langsam und holte tief Atem, und es hörte sich an, wie jemand, der lange unter Wasser gewesen war, an die Oberfläche kommt und nach Luft schnappt.

Wir fuhren langsam an den Gärten vorbei und ich blieb an der Vorderseite des Hauses stehen.

„Es dauert nicht lange", sagte er, sperrte mit seinem Schlüssel die Tür auf und ging ins Haus.

Als er wieder herauskam, hatte er in der einen Hand eine dick bepackte Tasche und in der anderen einen Koffer, stellte beides auf den Rücksitz und stieg wortlos ein.

„Was ist?", fragte ich. Er antwortete nicht. Er war blaß und es schien mir, seine Augen waren größer als sonst.

„Was ist passiert?", fragte ich. Es schien, als sei er nicht hier, sondern weit weg. Ich startete und fragte: „Wohin?"

„Irgendwohin", sagte er leise.

Ich fuhr zurück, woher wir gekommen waren, zur „Klosterschenke". Er nahm wortlos die Tasche und den Koffer vom Rücksitz und wir gingen in die Kneipe. Er stellte die Tasche und den Koffer hinter die Tür und wir setzten uns an den ersten Tisch neben der Tür.

„Rudi, bring uns bitte zwei Bier und zwei Kümmerling", rief er dem Wirt zu. Sein Gesicht war blaß und seine Augen, aus denen noch vor über einer Stunde Freude gestrahlt hatte, waren nur noch groß und leer. Der Wirt brachte die Getränke, stellte sie auf den Tisch und setzte sich zu uns.

„Was ist passiert, Wolli?"

„Mein bester Freund", sagte Wolli. Seine Stimme zitterte: „...
er ist bei uns eingezogen."

Der Wirt schluckte. Dann sagte er leise: „Adolf war heute mittag noch hier". Die Gäste, die an der Theke standen, waren ruhig geworden. Ein paar Männer, die am anderen Tisch Karten spielten und lachten, verstummten. Es war ganz still im Lokal geworden. Ich kannte seinen Freund Adolf, er war sehr groß, sah aus wie ein Kleiderschrank und redete nicht viel.

Wolfgang griff in die Jacke, zog seine Brieftasche hervor und nahm mit zitternden Händen eine Fotografie heraus. Es war ein Bild von seiner Frau mit seinen Kindern und ihm.

Eva-Maria, die Wirtin, die hinter der Theke stand, kam an unseren Tisch und setzte sich neben Wolfgang. Er wollte sich mit seinem Zippo-Feuerzeug eine Zigarette anzünden, aber er zitterte so sehr, daß er es nicht schaffte.

„Was habe ich nur falsch gemacht?", sagte er leise, so, als spräche er mit sich selber. Er hatte Tränen in den Augen.

Die Wirtin nahm ihm das Feuerzeug behutsam aus der Hand und sagte: „Du mußt langsam daraufdrücken und festhalten, so daß es ständig brennt."

Er blickte in die Flamme. Sie flackerte nicht. Sie war gelbrot und ruhig.

Als wir mit unseren Nachbarn Freunde wurden

Wir wohnen in einem Neubaugebiet am Rande der Stadt Saarlouis. Unsere Nachbarn sind die Boisenbergs, ein älteres Ehepaar. Seit zehn Jahren wohnen wir nebeneinander und hatten lange Jahre wenig Kontakt zueinander. Das änderte sich seit jenem Ereignis vor drei Jahren, worüber wir heute noch sprechen. Wir wurden dadurch sogar Freunde.

Jeden Sommer bei gutem Wetter saßen unsere Nachbarn den ganzen Tag in ihren Liegestühlen auf dem gepflegten Rasen vorm Haus. Dicht an dicht saßen sie zusammen, lasen oder hörten leise Musik. Eines Tages blieben die Liegestühle leer...

„Vielleicht ist einer von beiden krank", sagte meine Frau zu mir.

„Oder sie sind verreist", sagte ich.

„Dann hätten sie uns Bescheid gesagt", entgegnete sie.

Am zweiten Tag standen die Liegestühle auch leer und als unsere Nachbarn sich am dritten Tag noch nicht blicken ließen, sagte meine Frau: „Gerd, ich glaube, du mußt nachschauen, ob alles in Ordnung ist."

Ich ging an der dichten Baumreihe vorbei zur Straße, öffnete die Tür zum Grundstück der Boisenbergs und ging an den beiden Liegestühlen vorbei. Ich klingelte. Nichts rührte sich. Ich klingelte nochmals. Es schien, als habe sich der Vorhang am Fenster neben der Tür etwas bewegt. Nach dem dritten Klingeln ging zaghaft die Tür auf. Frau Boisenberg stand halb zwischen Tür und Rahmen.

Unser Hund Barry, den ich mitgenommen hatte, knurrte zuerst langsam, dann machte er ein paar Schritte zur Treppe. Er knurrte lauter und fing an zu bellen.

„Was hat er?", fragte Frau Boisenberg ängstlich.

„Ich weiß nicht", sagte ich, „sonst ist er nicht so. Vielleicht hat er eine Ratte in den Büschen neben der Treppe gewittert. Er hat was gegen Ratten." Frau Boisenberg sah bleich aus.

„Ist bei Ihnen alles in Ordnung?", fragte ich, „wir haben Sie zwei seit Tagen nicht mehr auf ihren Liegestühlen gesehen."

„Mein Mann ist krank", sagte sie und fügte nach einem Moment hinzu: „Angina."

„Wenn ich etwas für Sie tun kann oder besorgen…", sagte ich.

„Danke, Herr Schmitt", sagte sie. Ich sah auf ihre rechte Hand. Sie machte mit den vier Fingern eine unmerkliche Bewegung und es schien mir, als wollte Sie andeuten, daß ich gehen sollte.

Ich ging zurück. Meine Frau saß in der Küche und hörte die 11-Uhr Regionalnachrichten.

„Irgendwas stimmt mit den Boisenbergs nicht", sagte ich.

Ich erzählte meiner Frau von der Handbewegung und daß unser Hund Barry sich so merkwürdig verhalten habe.

„Pst, Gerhard, sei mal bitte still", unterbrach mich Gertrud.

Wir hörten, wie der Nachrichtensprecher sagte: „ … von dem maskierten Mann, der die Zweigstelle der Kreissparkasse in Saarlouis-Steinrausch überfallen hat und mit seiner Beute über 60.000 DM unerkannt zu Fuß entkommen konnte, fehlt jede Spur. Er ist bewaffnet. Sachdienliche Hinweise nimmt die Polizeidienststelle …"

„Aber das ist doch bei uns in der Nähe", sagte ich.

Meine Frau nickte nur und hielt die Hand vor den Mund.

Ich fuhr sofort zur Polizeihauptwache nach Saarlouis und berichtete von dem sonderbaren Verhalten von Frau Boisenberg und daß unsere Nachbarn entgegen ihrer Gewohnheit schon den dritten Tag nicht mehr in ihren Liegestühlen verbrachten.

„Wir wollen nicht gleich den Teufel an die Wand malen", sagte der Beamte.

Dann fragte er mich, wie das Haus der Boisenbergs im Innern aufgeteilt sei, über den Keller, die Außentüren und nach dem Garten hinterm Haus.

„Wir werden der Sache nachgehen", sagte der Beamte, „und egal, was passiert, Sie bleiben in Ihrem Haus."

Es war nachmittags gegen fünf Uhr, als wir plötzlich auf der Straße vorm Haus ein scharfes Bremsen hörten, darauf folgte ein Knall und ein blechernes Krachen.

Wir sahen hinterm Vorhang ein Auto, das auf die Vorgartenmauer aufgefahren war und am Tor der Boisenbergs zum Stehen kam. Die Haube war durch den Aufprall hochgebogen. Zwei Männer stiegen mühsam aus. Es dauerte nicht lange, da kam ein Polizeiwagen mit Blaulicht vorgefahren. Ein zweiter und dann ein dritter Polizeiwagen mit Blaulicht fuhren heran. Dann sahen wir, wie drei Beamte in dunklen Anzügen einen Mann in ihrer Mitte in Handschellen aus dem Tor der Boisenbergs abführten, in einen der Wagen setzten und mit ihm wegfuhren. In einen anderen Polizeiwagen stiegen die Boisenbergs ein und er fuhr hinterher. Ein Abschleppwagen lud das Auto, das gegen die Mauer gefahren war, auf und so schnell, wie alles begonnen hatte, war es auch schon vorbei.

Ein paar Stunden später klingelte es. Herr und Frau Boisenberg standen da, umarmten erst meine Frau, dann mich.

„Ohne euch wüßten wir nicht, wie es ausgegangen wäre", sagte Frau Boisenberg unter Tränen. „Übrigens, ich heiße Wilma und mein Mann Willi."

Seitdem sind wir Freunde. Von der Belohnung, die wir bekamen, veranstalteten wir ein Straßenfest, das wir jedes Jahr wiederholen.

Die Bäume und Hecken entlang den Grenzen haben wir etwas gelichtet, so daß jeder das Nachbarhaus sehen kann.

Unsere Straße, sie heißt übrigens „Auf der Kupp", ist heute so etwas wie eine große Gemeinschaft.

Verlockende Versuchung

Ernst Fedderson lebte ein ausgesprochen wohl geordnetes Leben. Er lebte nach der Uhr. Er stand jeden Morgen um die gleiche Zeit auf, kam um die gleiche Zeit in sein Büro, aß um die gleiche Zeit zu Mittag und ging um die gleiche Zeit schlafen...

Es war an einem Donnerstag im November, er verließ wie immer pünktlich sein Büro um 17.30 Uhr, da sollte durch einen Vorfall sein wohl geordnetes Leben durcheinander geraten, ja es war ein Ereignis, das ihn fast aus der Bahn geworfen hätte. Fedderson arbeitete schon über 20 Jahre als Buchhalter in Frankfurt. Von der Staufenstraße bis zur Hauptgeschäftsstraße, der „Zeil", wo er sich einen neuen Anzug mit Krawatte kaufen wollte, war es ein Fußmarsch von 10 Minuten. Er würde mit dem nächsten oder übernächsten Bus der Linie 60 nach Hause fahren. Er ging nicht gern in diese Stadt. Die vielen Menschen wirkten wie eine anonyme Masse auf ihn, es waren keine einzelne Wesen, so schien es ihm, es war ein Strom von Menschen, in dem er sich befand. Bei „Peek und Cloppenburg" kaufte er sich den Anzug mit Krawatte und als er mit seiner übergroßen Nylontasche aus der Passage trat, sah er durch Zufall durch den Menschenstrom hindurch, wie neben dem Kaufhaus maskierte Männer das Nachbargebäude stürmten. Er stellte sich hinter einen Betonpfeiler in der Passage und beobachtete die Leute, die an ihm vorübergingen. Niemand schien bemerkt zu haben, was geschah.

Dann hörte er ein lautes Trillerpfeifen und sah, wie fünf oder sechs Polizisten ebenfalls das Gebäude stürmten. Er drehte sich um und bemerkte zwischen den Gebäudegiebeln, wie ein maskierter Mann gebeugt unter der Last eines Rucksackes die

Feuertreppe eilig hinabstieg, etwa 50 Meter von ihm entfernt den Rucksack in eine der Mülltonnen warf, die Maske hinterher und dann langsam zwischen den Hochhäusern zur „Zeil" auf ihn zukam und in der Menschenmenge verschwand. Die Polizisten führten drei maskierte Gangster aus dem Gebäude nebenan in Handschellen ab.

Mittlerweile brach die Dunkelheit herein und über der Stadt hing ein dichter, feuchter Nebel. Der Schein der Straßenbeleuchtung, der Schaufenster, der Leuchtreklamen spiegelte sich auf dem nassen Asphalt.

Warum blieb er noch hier stehen? Fedderson trat hinter dem Pfeiler hervor, sah sich um, niemand achtete auf ihn, und ging langsam zwischen der hohen Giebelschlucht hindurch zu den Mülltonnen. In der dritten Tonne lag ein Sack, er zog ihn heraus, er war halb gefüllt und schwer. Er stopfte ihn in die große Nylontasche und klemmte sie unter den linken Arm. Mit der rechten Hand hielt er sie oben zusammen. Seine Hände schwitzten. Er spürte, wie seine Beine zitterten. Dann schritt er den Weg zurück, drängte sich durch eine Menschenmenge, die an der Straßenbahnhaltestelle wartete, und eilte keuchend unter der Last seines Paketes zur Haltestelle der Linie 60. Er spürte den Schweiß, der über seine Brust lief.

Willy Otembra, der Busfahrer, der schon immer die Linie 60 fuhr, blickte auf sein Gepäck und sagte: „Ah, Großeinkauf gemacht." Fedderson nickte: „Ich hatte gar nicht vor so viel zu kaufen." Seine Kehle schien wie zugeschnürt. Er setzte sich auf den gleichen Platz wie jeden Abend. Er las keine Zeitung wie gewöhnlich. Die Zeit schien ewig zu dauern, bis er an seiner Haltestelle aussteigen konnte.

Zu Hause in seiner Wohnung angekommen, atmete er erleichtert auf. Er nahm den Rucksack aus der großen Nylontasche und kippte ihn um. Bündel von Banknoten fielen auf den Tisch,

100 €-Scheine, 50-€-Scheine, 20-€-Scheine und 500-€-Scheine.
Er hatte noch nie in seinem Leben soviel Geld auf einem Hau-
fen gesehen. Soviel Geld, das er jetzt in Händen hielt. Sein
Atem ging rasch.
Er sortierte die Bündel der Größe nach auf dem Tisch, setzte
sie dicht zusammen. Der ganze Tisch war bedeckt. Er fing an
zu zählen, Bündel für Bündel, schrieb die Zahlen auf, addierte
sie. Dann mußte er sich setzen. Über eine Million Euro. Genug, um zu leben. Genug, um nicht mehr arbeiten zu müssen.
Er konnte sorgenfrei leben. Niemand hatte etwas bemerkt.
Es war ein wahnsinniger Zufall. Die Banknoten waren alle im
Umlauf. Keine Nummern notiert. In dieser Nacht konnte er
kein Auge zutun. Die Uhr schlug zwei. Er stellte sich vor, was
er machen würde. Gleich morgen würde er seine Arbeit kün-
digen, seinen Urlaub nehmen und in den Süden reisen, in die
Sonne. Wenn er nur die Hälfte anlegen würde, könnte er von
den Zinsen gut leben. Die Uhr schlug dreimal.
Aber könnte er eigentlich zufrieden leben? Es war nicht sein
Geld. Er hatte es nicht verdient. Und er hörte, wie eine Stimme tief in seinem Inneren flüsterte: „Du bist ein Dieb. Das ist
nicht dein Geld. Als Dieb kannst du nicht leben." Der Gong
der Uhr schlug viermal. Was würde aus seinem geordneten
Leben? Nein, er konnte ohne die Uhr nicht leben.
Er beschloß, gleich morgen früh zur Hauptwache zu gehen,
den Rucksack mit dem Geld vor eine Tür zu stellen und wie
gewohnt zur Arbeit zu gehen. Pünktlich wie immer, das war
sein Leben.

Nachtangeln

Sie gingen über den schmalen Schotterweg am Waldrand entlang und bogen an der Lichtung ins Wiesengelände zur Landstraße ab.

Der Nebel vom Fluß weit drüben hinter der Landstraße stand bis zum Waldrand. Er lag wie ein dicker, milchiger Teppich über der Landschaft. Hoch über dem Fluß stand die Sichel des Mondes und legte einen matt silbrigen Saum über den Nebelteppich.

Fred folgte dicht diesem großen, breitschultrigen Mann, vor dem sich das meterhohe Gras teilte und hinter ihm wie eine Wand wieder zusammenschlug. Das Gras war naß vom Tau und Fred hielt seinen linken Arm vors Gesicht, damit es ihm nicht in die Augen schlug. Fred sah auf den Rücken des Mannes und über die Schulter hinauf, wo die Ruten aus dem Futteral ragten und die Rollen silbern im Mondlicht glänzten.

„Sind wir auf dem richtigen Weg?", fragte Fred.

„Hast du Angst?"

„Ein bißchen", sagte der Junge leise.

„Bleib dicht hinter mir, dann passiert dir nichts", sagte sein Onkel und lachte verhalten. Sie stiegen die Böschung zur Landstraße hoch und überquerten den Asphalt. Auf der anderen Seite führte der Weg durch meterhohes Schilf. Fred blieb so dicht er konnte hinter seinem Onkel. Es war dunkel, er konnte den Mond nicht sehen. Er spürte den Druck der aufgeschossenen Leine auf seiner rechten Schulter und ihm fielen die Worte seines Opas ein, als er ihm den Bund über die Schulter legte: „Die werdet ihr gut gebrauchen können, wenn ihr den Fluß überquert." Der Fluß hatte Hochwasser, und die einzige Stelle, wo sie hinübergehen konnten, war das Wehr, und das Wehr war gefährlich.

Sie kamen auf eine Lichtung. Das Gelände fiel sanft zum Fluß ab und sie konnten im Mondschein im Tal die Baumreihe sehen, die sich am Ufer mit dem Fluß bis in die Ferne hinzog.

Unten zwischen den Bäumen leuchtete ein Licht und sie liefen darauf zu. Als sie näherkamen, konnte Fred zwei Männer erkennen, die am Ufer auf Steinen saßen und den Schwimmer in der Mitte des Wassers im Auge hatten.

„Wir sind schon über eine Stunde hier", sagte einer der Männer. Im Schein der Laterne, die an den Ast eines Baumes gebunden war, konnte Fred die Stiefel sehen, die den Fischern bis zu den Hüften gingen. Sein Onkel nahm die beiden Ruten aus dem Futteral, fädelte das Silk durch die Ringe der Rollen, befestigte die Würmer am Haken und gab Fred eine Rute. "Jetzt zeige ich dir deinen Platz", sage sein Onkel und ging mit Fred gut dreißig Meter weit flußabwärts. Er schwang die Rute nach hinten über die Schulter und nach vorn und man hörte, wie die Schnur durch die Ringe in der Rolle raste und Fred konnte den Schwimmer auf der silbrig glänzenden Oberfläche des Wassers erkennen.

„Halte sie weit hinaus", sagte sein Onkel, „wenn du etwas spürst, mußt du rufen." Er ging hinüber zu den Männern und setzte sich zu ihnen. Fred hielt die Rute mit beiden Händen weit hinaus und in der Dunkelheit konnte er jedes Wort verstehen, obwohl die Männer leise sprachen und gut dreißig Schritte entfernt standen. „Er wollte mit zum Nachtangeln und zu den Bibern", sagte sein Onkel.

„Du hältst nicht viel von ihm, Ernst", hörte er einen der Männer sagen.

68

„Er ist ein Angsthase", sagte sein Onkel, „er kann abends ohne Licht nicht einschlafen." Er machte mit dem rechten Arm eine wegwerfende Bewegung.

„ Er ist doch noch jung", sagte der Mann wieder, „in seinem Alter haben alle Jungen Angst."

„Ach was", entgegnete sein Onkel, „als ich in seinem Alter war, da hatte ich nicht mal Angst vorm Teufel."

Fred spürte einen starken Zug an der Rute, er bog sie nach oben, die Schnur bewegte sich kreisend auf der Oberfläche des Wassers. Mit der rechten Hand spulte er die Rolle zu und auf dem Wasser sah er eine Forelle, sie zappelte hin und her. „Ich hab einen Fisch an der Angel", rief er zu den Männern hinüber, und sein Onkel kam zu ihm, löste die Forelle vom Haken und ließ sie in den mitgebrachten Köcher gleiten. Fred ging mit seinem Onkel zu den anderen Männern hinüber.

„Dein erster Fisch?", fragte einer der Männer. Fred nickte.

„ Hast du gut gemacht, Junge."

„Das ist Georg", sagte sein Onkel, „er kennt die Natur wie seine Westentasche. Er zeigt uns im Morgengrauen die Biber in den Sümpfen auf der anderen Seite."

„Der Biber weiß lange vorher, wenn Hochwasser kommt", sagte Georg, „dann legt er seinen Bau höher oder er staut das Wasser."

„Woher weiß er das?", fragte Fred.

„ Instinkt. Er ist ein Meister im Wasserbau. Der Eingang liegt immer unter Wasser." Der Fischer hob seinen Köcher aus dem Wasser am Ufer, ein paar Forellen zappelten im Netz.

„Wir nehmen euch im Boot mit auf die andere Seite", sagte er, „dort zeige ich euch den Weg, wir fahren dann weiter den Fluß hinauf."

Die beiden Fischer packten ihre Angelruten in die Futterale und legten sie ins Boot, das nicht weit vom Angelplatz festgemacht war. Die Köcher mit den Fischen befestigten sie an einer Klampe am Heck des Bootes, so daß die Fische im Wasser hingen.

„Wir lassen alles hier", sagte sein Onkel, „wir gehen heute morgen über das Wehr zurück."

Fred und sein Onkel setzten sich vorn ins Boot, die beiden Fischer stießen es vom Ufer ab und sprangen hinein. Mit kräftigen Ruderschlägen schob das Boot durch die Strömung.

Auf dem Wasser war es kalt, Fred lehnte sich zurück und beim Eintauchen der Ruder ins Wasser sah er im Mondlicht die kleinen Strudel am Ende der Ruder und hörte ein leises Gurgeln.

Am anderen Ufer banden sie das Boot fest, Georg ging voran, der andere Fischer blieb beim Boot zurück. Ernst folgte Georg, Fred blieb dicht hinter seinem Onkel. Sie kamen durch einen lichten Pappelwald und bogen am Ende zum Altarm des Flusses, wo vereinzelte Weiden standen. Georg drehte sich um, legte die rechte Hand vor den Mund und deutete an, auf die andere Seite zu sehen. Ein Biber, der vor einer Weide stand, den Kopf schräg an den Stamm legte, schlug die Zähne ins Holz und raspelte den Stamm mit seinen Schneidezähnen. Er bewegte sich um den Stamm herum.

„Er wird sanduhrförmig ausgehöhlt", flüsterte Georg, „bis er umfällt, dann zerlegen sie ihn in Teile." Etwas weiter war ein anderer Biber, mit seinen Vorderpfoten hob er eine Rinne aus.

„Er baut einen Kanal bis zum Wasser", sagte der Fischer leise. Sie beobachteten in gehockter Stellung, wie das Wasser in den Kanal flutete und die Biber Baumteile hineinzogen und mit Hilfe des Wassers die Baumstücke abtransportierten.

Der Fischer verabschiedete sich und ging zum Boot zurück.

Sein Onkel deutete Fred an weiterzugehen.

„Siehst du den Damm da vorne?", fragte sein Onkel leise. Fred sah zwei Biber, die kleinere Baumstämme quer durch das Wasser legten. Dazwischen trugen sie Äste und Zweige. Ein drittes Tier stand auf einem Stamm und scharrte mit den Vorderpfoten Schlamm vom Grund des Wassers hoch an die Stämme und Äste.

„Damit machen sie den Damm dicht", sagte sein Onkel leise.

Ein paar Meter vom Ufer entfernt lag eine Erhöhung, die aussah, wie ein Ameisenhaufen, oben bedeckt mit Ästen und Pflanzen.

Fred berührte den Arm seines Onkels und zeigte dorthin.

„Die Burg", sagte sein Onkel.

Der Mond stand tief am Horizont und tauchte langsam ein in die Silhouette des Waldes weit drüben im Westen. Sie machten sich auf den Rückweg, gingen den gleichen Weg bis zum Fluß und dann am Ufer entlang flußabwärts zum Wehr. Fred hörte erst gedämpft und dann, je näher sie kamen, immer lauter das Brüllen des Wassers. Mächtige, quaderförmige Sandsteine, die an den Kanten und auf der Oberfläche glatt wie ein Spiegel vom Wasser geschliffen waren, lagen wie aneinandergereiht von einem Ufer zum anderen. Dort, wo sie nicht dicht zusammenlagen, rauschte das Wasser mit Getöse hindurch, sprudelte und an der Oberfläche tanzte weiße Gischt. Von beiden Seiten hatte man Baumstämme bis zur Mitte des Flusses geschoben. Fred stand auf dem vorderen Stein und sah hinunter, wo das Wasser hinabstürzte, die Oberfläche kochte und sich im Kreis drehte.

„Das ist ein Strudel", rief sein Onkel, „wenn du da hineinfällst, wirst du nach unten gezogen und die Unterwasserströmung reißt dich mit fort." Ernst ging voran. Mit einem gewaltigen Sprung hechtete er über den Abgrund, sprang auf den nächsten Stein und hielt sich am Baumstamm fest.

„Du mußt springen", rief er.

71

Fred konnte ihn durch das Donnern des Wassers kaum verstehen. Er nahm einen Anlauf und kam in gebeugter Haltung hinüber. Mit den Händen schlug er auf der glatten Oberfläche auf, stützte sich ab und schlug mit den Knien auf den Stein. Als er wieder hochkam, sah er, wie sein Onkel mit den Armen in der Luft ruderte, einen gellenden Schrei ausstieß und in die brodelnde Flut stürzte. Fred sprang über die letzten Steine, lief am anderen Ufer flußabwärts und sah, wie er ab und zu in den dahinschießenden Wellen mit dem Kopf über der Wasseroberfläche auftauchte. Dann konnte er sich an einem herausragenden Felsen mit den Händen festklammern, und Fred schrie: „Ich komme!"

Er streifte die Leine von der Schulter, band sie fiebernd an einem Baumstumpf fest und ließ sich mit dem anderen Ende der Leine hinab in die Fluten. Er kämpfte in der schäumenden Strömung, die rechte Hand mit dem Ende der Leine zur Faust geballt, und die Sekunden schienen ihm wie eine Ewigkeit, bis er keuchend und nach Luft ringend den Felsen erreichte.

Er legte sich quer auf den Fels mit dem Gesicht nach unten, klammerte sich mit den Händen fest, die Leine mehrfach um den Arm gewickelt und schrie: „Ernst, zieh dich an mir hoch!"

Er spürte die Hände seines Onkels, die sich wie Schraubstöcke um seine Fußknöchel legten, und er spürte, wie ein Zug durch seinen Körper lief, wie er ihn noch nie gespürt hatte. Er krallte seine Finger in den Felsvorsprung, ein stichartiger Schmerz durchfuhr seine Hände und das Atmen fiel ihm schwer.

Dann ließ der Zug aus seinem Körper nach, keuchend lag der mächtige Mann neben ihm und rang nach Luft.

Sie lagen so einige Minuten, Seite an Seite.

Im Osten erhob sich der aufgehende Ball der Sonne und eine Flut von goldenem Glanz legte sich über die Ufer und über das

Wasser des Flusses. Ernst strich Fred mit der Hand über den Kopf, zog den Jungen zu sich heran und sagte leise: „Du bist sehr mutig."

Und Fred fühlte sich so leicht, so frei, und alles schien auf einmal so klar, so klar und sonnig wie dieser Morgen.

Der Fährmann und der Mönch

Knut Sörensen stand an der Pier im Büsumer Hafen und begrüßte die Fahrgäste, die über die Holzbrücke in die Fähre ein-
stiegen. Seine vernarbten, schwieligen Hände und sein Gesicht
mit den tiefen wettergegerbten Furchen und der langen Narbe
vom linken Auge bis zum Kinn und ein Stück weiter bis zum
Hals stammten aus der Zeit, als er noch Fischer war. Damals
war er hinaufgefahren bis zum Skagerak. Er kannte die Flut-
und Ebbeströme, die Stürme, in die er geraten war, die Rocks,
die dicht unter der Wasseroberfläche liegenden Klippen. Das
schwierige, anspruchsvolle Gewässer der Nordsee, wo man genau navigieren muß, ließ keine Fehler zu. Und wenn man Fehler machte, waren sie nicht wieder gutzumachen. Ja, er kannte
diese See mit all ihren Überraschungen.
Knut Sörensen sah auf die Uhr, die im Führerhaus hoch über
dem Steuerrad hing. Der Flutstrom hatte vor einer Stunde
eingesetzt. Es war zwei Uhr nachmittags. Er brauchte vier bis
fünf Stunden bis Cuxhaven. Und er wollte dort sein bevor der
Strom kenterte und der Ebbestrom einsetzen würde.
Dem Fährmann fiel ein alter Mann auf, der von einer jüngeren
Frau geführt wurde, als er die Stufen ins Schiff hinabstieg. Er
hatte schlohweißes Haar, das unter der Schirmmütze herab-
hing. Sein Blick schien ins Leere zu gehen. Er murmelte etwas,
was man nicht verstehen konnte.
Dann kam eine Frau mittleren Alters mit einem Jungen, der
ungefähr 13 Jahre alt war.
„Wie weit ist es bis Cuxhaven, Skipper?", fragte der Junge den
Fährmann.
„Etwas über 25 Meilen, aber du kannst mich Knut nennen.
Und wie heißt du?"

„Sven", antwortete der Junge. Sein Gesicht war voller Sommersprossen und ein Busch strohblonder Haare hing ihm bis in die Augen.

„Aber der direkte Weg ist viel kürzer", sagte er.

„Den können wir nicht nehmen. Wir müssen die Meldorfer Bucht und die Medemsand Insel umfahren. Wegen den Untiefen."

Der Junge wollte noch etwas sagen, aber seine Mutter griff ihn am Arm und er war still.

„Wenn wir fahren, nachher, kommst du zu mir zum Steuerstand, und ich erkläre es dir genauer", sagte der Fährmann.

In der Fähre war für zwölf Menschen Platz, ein Sitz war noch frei. Der Fährmann wollte gerade ablegen, da sah er, wie eine große, hagere Gestalt sich in schnellen Schritten mit wehendem Umhang näherte. Als der Mann näherkam, sah er die braune Kutte, die auf der Seite wie ein Schal um die Schultern geschwungen war. Unter der Kapuze, die tief ins Gesicht gezogen war, schauten ein paar durchdringende graue Augen unter dichten dunklen Brauen hervor. Die Nase war leicht gebogen. Das ganze Gesicht war fein geschnitten. Der Fährmann erkannte den Mann wieder und sagte: „Du bist es, Mönch. Ich habe dich neulich predigen hören, du nanntest dich einen Fährmann, der Seelen an ein anderes Ufer bringt."

„Ich heiße Frederic", sagte der Mönch. „Und wie heißt du, Fährmann?"

„Knut", antwortete der Fährmann.

Der Kutter lag mit dem Heck zum Pier. Der Fährmann löste die beiden Achterleinen, die auf Slip gelegt waren, zog sie an Deck und klarierte sie. Der Motor, der die ganze Zeit im Stand lief, dampfte lauter, als der Fährmann den Vorwärtsgang einlegte und mit Kurs 270° am Kompaß auslief.

Der Mönch hatte neben dem Steuerstand auf der Backbordseite Platz genommen. Der Fährmann sah den Mönch an und sagte: „Deine Fahrgäste kommen nicht mehr zurück an das erste Ufer, wenn ich dich richtig verstanden habe." Der Mönch nickte. Der Fährmann war ein Mann, der einfach dachte. Er hatte sich Zeit seines Lebens nicht mit religiösen oder philosophischen Dingen beschäftigt. Die Predigt, die er gehört hatte, machte ihm zu schaffen.

„Du brauchst auch nicht vom frühen Morgen bis abends spät ein volles Boot über ein breites, reißendes Wasser zu schaffen", sagte er, „dann wüßtest du, was es heißt Fährmann zu sein, vom Hochwasser und Eisgang gar nicht zu reden."

Der Mönch sagte immer noch nichts.

„Du gehst zu Fuß, im Gegensatz zu mir", fuhr der Fährmann fort und fügte hinzu: „Du meinst es gut, aber laß mich ein Fährmann sein und bleibe du ein Mönch."

Alle im Boot lachten.

„Wenn du herausfinden willst, wer das schwerste Amt von uns beiden hat, dann predige nächsten Sonntag an meiner Stelle", sagte der Mönch, „ich glaube, du wirst nicht weniger schwitzen als an deinem Ruder."

Der Fährmann wollte etwas sagen, aber der Mönch kam ihm zuvor: „Ich habe einmal viel Schweiß verloren, als ich in einer Predigt steckenblieb."

Die Fahrgäste im Boot lachten wieder.

Nach fünf gefahrenen Seemeilen änderte der Fährmann den Kurs auf 255°.

„Steckenblieb", wiederholte der Fährmann. „Wenn du steckenbleibst, ist es dein Schaden. Deinen Zuhörern macht es gar nichts, höchstens Vergnügen."

Er sah sich in der Runde um und sein Blick blieb an den durchdringenden Augen des Mönchs haften: „Wenn ich hier in der

Strömung auflaufe, dann möchte ich den Schrecken in euren Gesichtern sehen, auch auf deinem."

„In deiner letzten Stunde", sagte der Mönch leise, „wirst du auch einen Fährmann von meiner Art gebrauchen, das Ruder und deine ganze Kenntnis nutzen dir dann nichts mehr."

Der Fährmann schwieg. Alle im Boot wurden still.

Nach weiteren zweieinhalb gefahrenen Seemeilen setzte der Fährmann den Kurs auf 223° ab, genau auf den großen Vogelsand zu.

Er rief den Jungen zu sich zum Steuerstand. „Siehst du die Kurse hier auf der Karte, Sven?"

Der Junge nickte. „Was ist der große Vogelsand?"

„Das ist ein Leuchtfeuerturm für die Schiffe, die von See kommen. Man kann ihn auf neun Meilen sehen. Das rote Blitzfeuer warnt vor den Untiefen des großen Vogelsands."

Der Fährmann erklärte dem Jungen die Kurse auf der Karte, nach fünf Seemeilen werde ein Kurs von 125° abgesetzt, der sechseinhalb Seemeilen gefahren wird und dann einen Kurs von 180° bis zur Höhe von Cuxhaven.

Schon seit einiger Zeit war eine eigenartige Veränderung vor sich gegangen. Der Fährmann hatte es nicht bemerkt, da er sich zu sehr auf das Gespräch mit dem Mönch konzentriert hatte. Es hatten sich kleine Wasserperlen auf der Reling und auf den Decksbeschlägen gebildet, die allmählich immer größer wurden und jetzt an allen Stahlteilen hingen.

An der Wasseroberfläche bildeten sich jetzt kleine vereinzelte Fahnen, die länger wurden und schlangenartig über die Oberfläche glitten. Noch zwei Seemeilen auf diesem Kurs, dann mußte der Fährmann den Kurs auf 125° ändern. Er drosselte die Maschine, sie liefen jetzt noch drei Knoten.

Auf dem Schiff war es still.

Als Knut Sörensen vor 20 Jahren mit dem Fischfang aufgehört hatte, hatte er den stählernen Fischkutter umgebaut, an Backbord und Steuerbord Bänke aus Holz befestigt und einen Haltebalken aus Holz vor den Bänken eingezogen, woran sich die Fahrgäste bei rauher See festhalten konnten. Der Blick des Fährmanns wanderte über die Fahrgäste und blieb an dem alten Mann mit dem strohweißen Haar haften, als dieser flüsternd sagte: „Heute kommt der Nebel und dann kommt das Grauen". Der Blick des Mannes schien ins Leere zu starren. Einige Leute sahen mit angsterfüllten Augen auf den Alten. Ihre Hände klammerten sich um die Halterung.

Am Horizont konnte man jetzt erst ganz vage etwas Rotes sehen, dann wurden es mehr, rote Blitze. Das Leuchtfeuer des Großen Vogelsands.

„Frederic!", rief der Fährmann dem Mönch zu und deutete ihm an, daß er zu ihm an den Steuerstand kommen solle.

„Du kannst mir jetzt helfen", sagte der Fährmann zum Mönch und blickte in seine durchdringenden Augen.

„Siehst du an Backbord und Steuerbord die Stangen mit den Besen?" Der Mönch sah sich um und nickte.

„Achte auf die Backbordseite, wo die Besen nach unten zeigen. Das tiefste Wasser ist zehn bis fünfzehn Meter von ihnen entfernt."

Der Nebel kam wie ein Tier, war bösartig wie hundert Schlangen, die zischten und sich über die Wasseroberfläche schlängelten, dann mit dem Kopf hochstiegen und schweigend an der Bordwand hochstrichen und langsam über die Rehling krochen, das Cockpit füllten und an den Beinen der Menschen sich hochsaugten und allmählich vom gesamten Schiff Besitz ergriffen.

Der Fährmann blickte sich um und sah die Angst in den Augen der Fahrgäste.

Die Sicht betrug jetzt nur noch etwa 50 m. Der Fährmann hatte die Maschine so weit gedrosselt, daß das Schiff gerade noch so langsam fuhr, daß es seine Steuerfähigkeit behielt.

„Wir müssen jetzt alle Schwimmwesten anziehen", sagte der Fährmann laut, „eine reine Vorsichtsmaßnahme."

Er deutete dem Mönch an, die Westen, die in der Backskiste auf der Steuerbordseite verstaut waren, an die Fahrgäste zu verteilen.

„Ihr bleibt alle auf euren Plätzen sitzen, egal was passiert", sagte der Fährmann mit fester Stimme.

„Frederic und ich werden euch sicher nach Cuxhaven bringen."

Es war eine geisterhafte Stille, die nur durch das leise Dampfen der Maschine begleitet wurde. Die Nebelschleier schienen sich auf einmal dichter über das Schiff zu legen.

Knut Sörensens Blick wanderte immer wieder vom Kompaß zum Echolot. Er verglich die Tiefen mit den Angaben auf der Karte: 5 m, 6 m, 4,5 m...

Der Fährmann setzte den Kurs auf 180° ab. „Noch sechs Seemeilen auf diesem Kurs", sagte er und wandte sich an den Mönch, „haben wir die Schiffahrtsstraße vor uns."

„Gott möge mit uns sein", flüsterte der Mönch, so daß die Fahrgäste es nicht hören konnten.

Er sah in die Augen des Fährmanns, als wolle er durch ihn hindurchdringen. „Schaffen wir es?", fragte er leise.

Der Fährmann blickte den Mönch an und nickte.

„Der Nebel ist wie eine Verirrung, in die die Menschen geraten können", sagte der Mönch.

„Du bringst sie ans andere Ufer", sagte der Fährmann nach einer Pause.

Der Mönch nickte: „Zu Jesus. Ich bin das Licht der Welt. Wer mir nachfolgt, wird keineswegs in der Finsternis wandeln, sondern wird das Licht des Lebens besitzen."

Der Fährmann sah fragend den Mönch an.

„Johannes 8, Vers 12", fügte dieser hinzu.

Allmählich begann es zu dämmern. Das weiße Licht im Masttop und das grüne Licht an der Backbordseite und das Rot an der Steuerbordseite ließen die Nebelschwaden, die am Schiff vorbeizogen, in gespenstischem Licht erscheinen.

Jetzt wurde der Nebel noch dichter. Der Fährmann stoppte die Maschine, löste die Klemme der Ankerwinde und die Kette rauschte dumpf in die Tiefe.

„Wir stehen kurz vor der Verkehrsstraße", sagte der Fährmann.

„Wir müssen auf die Motorengeräusche der großen Schiffe achten. Wenn wir nichts hören, überqueren wir die Straße."

Er nahm das Signalhorn vom Haken und legte den Gurt um den Hals, bereit zum Blasen.

„Frederic, du gehst zum Bug. Von dort kannst du am besten sehen, wenn ein großes Schiff vor uns passiert."

Dann plötzlich hörten sie etwas, das ihnen den Atem stocken ließ. Es hörte sich an, als ob Hunderte von Stimmen jenseits des Nebels miteinander redeten.

Ein altes Ehepaar bekreuzigte sich und der Mann legte schützend seinen Arm über die Schulter seiner Frau.

„Stromkenterungen", flüsterte der Fährmann. „Der Ebbestrom setzt ein."

Er kurbelte mit der Winch die eiserne Ankerkette nach oben und legte den Vorwärtsgang ein. Eine Seemeile durch die Straße, dann waren sie im sicheren Hafen auf der anderen Seite.

Nur der Motor ihres Schiffes war zu hören.

Es kam von Backbord. Wie aus dem Nichts. Eine große schwarze Wand stand plötzlich über dem Schiff.

„Zurück", schrie der Mönch. „Zurück."

Der Fährmann schob den Rückwärtsgang ein und mit aufkreischendem Motor drehte der Kutter achtern Backbord. Rechts und links schoß das Wasser senkrecht nach oben. Die Gischt spritzte an der Bordwand hoch wie eine Fontäne, meterhohe, seitlich gedrehte Geysire.

Die Fahrgäste schrieen und klammerten sich an dem Haltebalken fest. Ihre Gesichter waren leichenblaß. Der Mönch hatte sich am Bug ganz nach unten geworfen.

Die schwarze Wand zog langsam vorbei. Der Kutter wurde im Kielwasser hin- und hergeworfen. Dann war es vorbei. Gelähmt vor Entsetzen starrten die Menschen im Boot vor sich hin. Der Mönch, der zum Steuerstand eilte, sah leichenblaß aus.

„Du hast uns gerettet", sagte der Fährmann. „Ohne dich wären wir überrollt worden."

„Wir müssen hinüber", sagte der Mönch keuchend.

Der Fährmann nickte. Er setzte das Nebelhorn an die Lippen und blies fortwährend zweimal lang und einmal kurz und steuerte mit 260° Richtung Cuxhaven.

Die Anspannung stand auf allen Gesichtern.

Der Mönch, der wieder zum Bug gegangen war, versuchte mit aller Anstrengung den Nebel zu durchblicken.

„Noch eine halbe Meile. Dann haben wir es geschafft."

„Skipper, da ist ein Feuerschein", rief Frederic plötzlich dem Fährmann zu.

Es hatten sich zwei unterschiedliche Nebelschichten gebildet. In der unteren Schicht war ein Loch. Dadurch konnte man die Reflexion eines Feuers sehen. Als sie näherkamen, waren sie direkt unter dem grünen Molenfeuer der Hafeneinfahrt. Sie hatten Cuxhaven erreicht.

Die Anspannung fiel wie ein bleierner Anzug von ihnen ab.

Als sie am Steg festmachten und der Fährmann von jedem das Fahrgeld annahm, da kam zum Schluß der Mönch und reichte dem Fährmann die Hand. Er zog eine kleine Geldbörse unter seiner Kutte hervor und wollte wie die anderen Fahrgäste bezahlen. „Nein", sagte der Fährmann, „von dir nehme ich kein Geld, du hast für deine Predigt von mir auch nichts genommen."

www.ingramcontent.com/pod-product-compliance
Lightning Source LLC
Chambersburg PA
CBHW031858170626
46807CB00004B/1789